出擊！日語

サルでもわかる神業
小菜一碟－猴子也學得會！

語

文法

吉松由美、田中陽子、
西村惠子◎合著

自學

大作戰！

中高階版

Step
3

山田社
Shan Tian She

前言

與其每本書都讀不熟，不如專心讀這一本！
讓您立刻就「上手」，瞬間升級日語文法大師！

外語學習著重在「活用」，那麼文法有那麼重要嗎？當然重要了，想要聽得懂、説得清楚、讀得對、寫得通，如果沒有真正的瞭解文法，就沒有辦法正確傳達自己的想法，也沒有辦法得到正確的訊息了。

基於學習者對「絕對合格！日檢文法系列」的「有可愛插圖、有故事、有幽默、精闢的説明」、「概念清楚，實際運用立即見效」、「例句超生活化，看例句就能記文法」、「文法也能編得這麼有趣、易懂」…如此熱烈好評。更在讀者的積極推崇之下，山田社專為日語初學者設計的文法教戰手冊終於誕生啦！

史上最強的中高階文法集《出擊！日語文法自學大作戰 中高階版 Step 3》，是由多位長年在日本、持續追蹤新日檢的日籍金牌教師執筆編寫而成的，現在就讓日語名師們為您打開日語文法的大門吧！

書中不僅搭配東京腔的精質朗讀光碟，還附上三回文法全真模擬測驗。讓您短時間內就能掌握學習方向及重點，節省下數十倍自行摸索的時間。

內容包括：

1. 文法王─説明簡單清楚：在舊制的基礎上，更添增新的文法項目來進行比較，內容最紮實。每個文法項目的接續方式、意義、語氣、適用對象、中譯等等，讓您概念清楚，以精確掌握每項文法的意義。

2. 得分王─考點很明白：本書為中高階文法學習書，與新日檢N3考試程度相同。考題中大都會有兩個較難的意思相近的選項。為此，書中精選較常出現、又讓考生傷透腦筋的相近的文法進行比較。而它們之間有哪些微妙的差異，同一用法又有什麼語感上的區別等等，在此為您釐清，讓您短時間內迅速培養應考實力。

3. 故事王─故事一點通：為了徹底打好您文法的基本功，首創文法故事學習法，它將文法跟故事相結合，每一個文法項目，都以可愛的插畫和有趣的旁白來說明，讓您學文法就好像看漫畫一樣。您絕對會有「原來如此」文法真有趣，一點就通的感覺！

4. 例句王─例句靈活實用：學會文法一定要知道怎麼用在句子中！因此，每項文法下面再帶出例句。例句精選該文法項目，會接續的各種詞性、常使用的場合，常配合的中階單字。從例句來記文法，更加深了對文法的理解，也紮實了單字及聽說讀寫的能力。累積超強實力。

5. 測驗王─全真新制模試自我檢驗：三回全真模擬考題將按照不同的題型，告訴您不同的解題訣竅，讓您在演練之後即時得知學習效果，並充份掌握學習方向。若有志於參加新日檢N3考試，也可以藉由這三回模擬測驗提升考試臨場反應，就像上合格保證班的測驗王！

6. 聽力王─多效聽學文法：書中附贈光碟，收錄所有的文法項目跟例句，幫助您熟悉日語語調及正常速度。建議大家充分利用生活中一切零碎的時間，反覆多聽，在密集的刺激下，把文法、單字、生活例句聽熟，同時為聽力打下了堅實的基礎。

目録

文型接續解說

▽動詞

　　動詞一般常見的型態，包含動詞辭書形、動詞連體形、動詞終止形、動詞性名詞＋の、動詞未然形、動詞意向形、動詞連用形…等。其接續方法，跟用語的表現方法有：

用語1	後續	用語2	用例
未然形	ない、ぬ(ん)、まい	ない形	読まない、見まい
	せる、させる	使役形	読ませる、見させる
	れる、られる	受身形	読まれる、見られる
	れる、られる、可能動詞	可能形	見られる、書ける
意向形	う、よう	意向形	読もう、見よう
連用形	連接用言		読み終わる
	用於中頓		新聞を読み、意見をまとめる
	用作名詞		読みに行く
	ます、た、たら、たい、そうだ(樣態)	ます：ます形 た　：た形 たら：たら形	読みます、読んだ、読んだら
	て、ても、たり、ながら、つつ等	て　：て形 たり：たり形	見て、読んで、読んだり、見たり
終止形	用於結束句子		読む
	だ(だろう)、まい、らしい、そうだ(傳聞)		読むだろう、読むまい、読むらしい
	と、から、が、けれども、し、なり、や、か、な(禁止)、な(あ)、ぞ、さ、とも、よ等		読むと、読むから、読むけれども、読むな、読むぞ
連體形	連接體言或體言性質的詞語	普通形、基本形、辭書形	読む本
	助動詞：た、ようだ	同上	読んだ、読むように
	助詞：の(轉為形式體言)、より、のに、ので、ぐらい、ほど、ばかり、だけ、まで、きり等	同上	読むのが、読むのに、読むだけ
假定形	後續助詞ば(表示假定條件或其他意思)		読めば
命令形	表示命令的意思		読め

▽ 用言

　　用言是指可以「活用」（詞形變化）的詞類。其種類包括動詞、形容詞、形容動詞、助動詞等，也就是指這些會因文法因素，而型態上會產生變化的詞類。用言的活用方式，一般日語詞典都有記載，一般常見的型態有用言未然形、用言終止形、用言連體形、用言連用形、用言假定形…等。

▽ 體言

　　體言包括「名詞」和「代名詞」。和用言不同，日文文法中的名詞和代名詞，本身不會因為文法因素而改變型態。這一點和英文文法也不一樣，例如英文文法中，名詞有單複數的型態之分（sport / sports）、代名詞有主格、所有格、受格（he / his / him）等之分。

▽ 形容詞・形容動詞

　　日本的文法中，形容詞又可分為「詞幹」和「詞尾」兩個部份。「詞幹」指的是形容詞、形容動詞中，不會產生變化的部份；「詞尾」指的是形容詞、形容動詞中，會產生變化的部份。

　　例如「面白い」：今日はとても面白かったです。

　　由上可知，「面白」是詞幹，「い」是詞尾。其用言除了沒有命令形之外，其他跟動詞一樣，也都有未然形、連用形、終止形、連體形、假定形。

　　形容詞一般常見的型態，包含形容詞・形容動詞連體形、形容詞・形容動詞連用形、形容詞・形容動詞詞幹…等。

形容詞的活用及接續方法：

用語	範例	詞尾變化	後續	用例
基本形	高い 嬉しい			
詞幹	たか うれし			
未然形		かろ	助動詞う	値段が高かろう
		から	助動詞ぬ*	高からず、低からず
連用形		く	1 連接用言**	高くなってきた 高くない
			2 用於中頓	高く、険しい
			3 助詞て、は、 も、さえ	高くて、まずい／高くはない／ 高くてもいい／高くさえなければ
		かっ	助動詞た、 助詞たり	高かった 嬉しかったり、悲しかったり
終止形		い	用於結束句子	椅子は高い
			助動詞そうだ (傳聞)、だ(だろ、 なら)、です、 らしい	高いそうだ 　　　高いだろう 高いです 高いらしい
			助詞けれど(も)、 が、から、し、 ながら、か、な (あ)、ぞ、よ、 さ、とも等	高いが、美味しい 高いから 高いし 高いながら 高いなあ 高いよ
連體形		い	連接體言	高い人、高いのがいい （の=形式體言）
			助動詞ようだ	高いようだ
			助詞ので、のに、 ばかり、ぐ らい、ほど等	高いので 高いのに 高いばかりで、力がない 高ければ、高いほど
假定形		けれ	後續助詞ば	高ければ
命令形		——————	——————	——————

* 「ぬ」的連用形是「ず」　　** 做連用修飾語，或連接輔助形容詞ない

形容動詞的活用及接續方法：

用語	範例	詞尾變化	後續	用例
基本形	静かだ 立派だ			
詞幹	しずか りっぱ			
未然形		だろ	助動詞う	静かだろう
連用形		で	1 連接用言 （ある、ない）	静かである、静かでない
			2 用於中頓	静かで、安全だ
			3 助詞は、も、 さえ	静かではない、静かでも不安だ、 静かでさえあればいい
		だっ	助動詞た、 助詞たり	静かだった、静かだったり
		に	作連用修飾語	静かになる
終止形		だ	用於結束句子	海は静かだ
			助動詞そうだ （傳聞）	静かだそうだ
			助詞と、けれど(も)、 が、から、し、 な(あ)、ぞ、 とも、よ、ね等	静かだと、勉強しやすい 静かだが 静かだから 静かだし 静かだなあ
連體形		な	連接體言	静かな人
			助動詞ようだ	静かなようだ
			助詞ので、のに、 ばかり、ぐらい、 だけ、ほど、 まで等	静かなので 静かなのに 静かなだけ 静かなほど
假定形		なら	後續助詞ば	静かなら（ば）
命令形		-----	-----	-----

MEMO

出擊！

サルでもわかる神業
小菜一碟！猴子也學得會！

日語

文法

自學

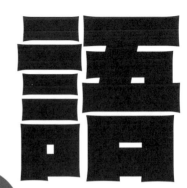

大作戰！

中高階版

Step
3

山田社
Shan Tian She

① 一方（いっぽう）だ

【動詞連體形】＋一方だ。表示某狀況一直朝著一個方向不斷發展，沒有停止。多用於消極的、不利的傾向。意思近於「…ばかりだ」。中文意思是：「一直…」、「不斷地…」、「越來越…」。

例 都市（とし）の環境（かんきょう）は悪（わる）くなる一方（いっぽう）だ。

都市的環境越來越差。

空氣啦、水資源啦、垃圾啦！都市的環境真是越來越差了。環境越來越差的這一狀況，沒有停止一直朝惡劣的方向發展。

記得大都用在消極、不利的傾向喔！

最近（さいきん）、オイル価格（かかく）は、上（あ）がる一方（いっぽう）だ。
最近油價不斷地上揚。

子（こ）どもの学力（がくりょく）が低下（ていか）する一方（いっぽう）なのは、問題（もんだい）です。
小孩的學習力不斷地下降，真是個問題。

借金（しゃっきん）は、ふくらむ一方（いっぽう）ですよ。
錢越借越多了。

不景気（ふけいき）はひどくなる一方（いっぽう）だ。
經濟蕭條是越來越嚴重了。

② うちに

【體言の；形容詞・形容動詞連體形】＋うちに。表示在前面的環境、狀態持續的期間，做後面的動作。相當於「…（している）間に」。中文意思是：「趁…」、「在…之內…」等。

例 赤ちゃんが寝ているうちに、洗濯しましょう。

趁嬰兒睡覺的時候，來洗衣服吧！

趁嬰兒睡覺的時候（前面的狀態持續的期間），

趕快去洗衣服（做後面的動作），家庭主婦真辛苦呢！

昼間は暑いから、朝のうちに散歩に行った。
白天很熱，所以趁早去散步。

「鉄は熱いうちに打て」とよく言います。
常言道：「打鐵要趁熱」。

若くてきれいなうちに、写真をたくさん撮りたいです。
趁著年輕貌美，我想要多拍點照片。

体が健康なうちにいろんなところに出かけよう。
趁身體還健康的時候，出門到各地走走吧！

③ おかげで、おかげだ

【體言の；用言連體形】＋おかげで、おかげだ。表示原因。由於受到某種恩惠，導致後面好的結果。常帶有感謝的語氣。與「から」、「ので」作用相似，但感情色彩更濃。中文意思是：「多虧…」、「托您的福」、「因為…」等。後句如果是消極的結果時，一般帶有諷刺的意味。相當於「…のせいで」。中文意思是：「由於…的緣故」。

例 薬のおかげで、傷はすぐ治りました。

多虧藥效，傷口馬上好了。

醫藥科學一日千里，多虧有了好的藥（由於受到有好藥恩惠），

傷口很快的就好了（使得後面傷口很快好了的結果）。

今年は冬が暖かかったおかげで、過ごしやすかった。
多虧今年冬天很暖和，才過得很舒服。

車を買ったおかげで、ボーナスが全部なくなった。
因為買了車，年終獎金全都沒了。

新鮮な魚が食べられるのは、海に近いおかげだ。
能吃到新鮮的魚，全是託靠海之福。

街灯のおかげで夜でも安心して道を歩けます。
有了街燈，夜晚才能安心的走在路上。

④ 恐れがある
おそ

【體言の；用言連體形】＋恐れがある。表示有發生某種消極事件的可能性。只限於用在不利的事件。常用在新聞或報導中。相當於「…心配がある」。中文意思是：「有…危險」、「恐怕會…」、「搞不好會…」等。

例 台風のため、午後から高潮のおそれがあります。
たいふう　　　　　ごご　　　　　たかしお

因為颱風，下午恐怕會有大浪。

哇！颳大風、下大雨，颱風來了。

由於颱風，下午恐怕會有大浪（有發生消極事件的可能性）。

記得「おそれがある」只用在不利的事件喔！

それを燃やすと、悪いガスが出るおそれがある。
も　　　　　わる　　　　　で

那個一燃燒，恐怕會產生不好的氣體。

データを分析したら、失業が増えるおそれがあることがわかった。
ぶんせき　　　　　しつぎょう　ふ

資料一分析，得知失業恐怕會增加。

立地は良いけど、駅前なので、夜間でも騒がしい恐れがある。
りっち　よ　　　　　えきまえ　　　　　やかん　　さわ　　　　　おそ

雖然座落地點很棒，但是位於車站前方，恐怕入夜後仍會有吵嚷的噪音。

やってみなければ分からないが、手続きが非常に面倒な恐れがある。
わ　　　　　　　　てつづ　　　ひじょう　めんどう　おそ

儘管得先做做看才知道結果如何，但是恐怕手續會非常複雜。

⑤ かけた、かけの、かける

【動詞連用形】＋かけた、かけの、かける。表示動作，行為已經開始，正在進行途中，但還沒有結束。相當於「…している途中」。中文意思是：「剛…」、「開始…」。

例 今ちょうどデータの処理をやりかけたところです。
現在正在處理資料。

用「かけた」表示
處理資料這個動作
正在進行。

現在正好在處理資料
（資料處理到途中，
但還沒有結束）。

メールを書きかけたとき、電話が鳴った。
才剛寫電子郵件，電話鈴聲就響了。

それは編みかけのマフラーです。
那是我才剛開始編織的圍巾。

今、整理をしかけたところなので、まだ片付いていません。
現在才剛開始整理，所以還沒有收拾。

やりかけている人は、ちょっと手を止めてください。
正在做的人，請先停下來。

⑥ がちだ、がちの

【體言；動詞連用形】＋がちだ、がちの。表示即使是無意的，也容易出現某種傾向，或是常會這樣做。一般多用在負面評價的動作。相當於「…の傾向がある」。中文意思是：「容易…」、「往往會…」、「比較多」等。

例 おまえは、いつも病気がちだなあ。

你還真容易生病呀！

由於身體瘦弱，總是臉色蒼白的山田，又感冒了（容易出現某種傾向）。

山田君啊！看你老是生病（大多用在負面的評價）！

天気予報によると、明日は曇りがちだそうです。
根據氣象報告，明天多雲。

子どもは、ゲームに熱中しがちです。
小孩子容易對電玩一頭熱。

春は曇りがちの日が多い。
春天多雲的日子比較多。

主人は出張が多くて留守にしがちです。
我先生常出差不在家。

7 から…にかけて

【體言】＋から＋【體言】＋にかけて。表示兩個地點、時間之間一直連續發生某事或某狀態的意思。跟「…から…まで」相比，「…から…まで」著重在動作的起點與終點，「…から…にかけて」只是籠統地表示跨越兩個領域的時間或空間。中文意思是：「從…到…」。

例 この辺りからあの辺りにかけて、畑が多いです。

這頭到那頭，有很多田地。

從這邊到那邊，有很多田地（地點跟地點之間，田地一直連續著）。

用「から…にかけて」表示從這邊到那邊田地一直持續著。

恵比寿から代官山にかけては、おしゃれなショップが多いです。
從惠比壽到代官山一帶，有很多摩登的店。

月曜から水曜にかけて、健康診断が行われます。
星期一到星期三，實施健康檢查。

今日から明日にかけて大雨が降るらしい。
今天起到明天好像會下大雨。

朝、電車が一番混むのは7時半から8時半にかけてです。
早上電車最擁擠的時間是七點半到八點半之間。

⑧ からいうと、からいえば、からいって

【體言】＋からいうと、からいえば、からいって。表示判斷的依據及角度，指站在某一立場上來進行判斷。相當於「…から考えると」。中文意思是：「從…來說」、「從…來看」、「就…而言」。

例 専門家の立場からいうと、この家の構造はよくない。

從專家的角度來看，這個房子的結構不好。

這個房子的結構不好。

從專家的立場來看（站在建設專家的角度來判斷）。

別の角度からいうと、その考えも悪くない。
從另一個角度來看，那個想法其實也不錯。

技術という面からいうと、彼は世界の頂点に立っています。
就技術面而言，他站在世界的頂端。

学力からいえば、山田君がクラスで一番だ。
從學習力來看，山田君是班上的第一名。

これまでの経験からいって、完成まであと二日はかかるでしょう。
根據以往的經驗，恐怕還至少需要兩天才能完成吧！

這些句型也要記

◆ **【動詞過去式；動詞性名詞の】＋あげく、あげくに**

→ 表示事物經過前面一番波折或努力達到的最後結果。意思是：「…到最後」、「…，結果…」。

・ 年月をかけた準備のあげく、失敗してしまいました。

　　・ 花費多年準備，結果卻失敗了。

◆ **【用言連體形；體言の】＋あまり、あまりに**

→ 由於前句某種感情、感覺的程度過甚，而導致後句的結果。意思是：「因過於…」、「過度…」。

・ 焦るあまり、大事なところを見落としてしまった。

　　・ 由於過度著急，而忽略了重要的地方。

◆ **【動詞連體形】＋いじょう、いじょうは**

→ 表示某種決心或責任。意思是：「既然…」、「既然…，就…」。

・ 引き受けた以上は、最後までやらなくてはいけない。

　　・ 既然說要負責，就得徹底做好。

◆ **【動詞連體形】＋いっぽう、いっぽうで、いっぽうでは**

→ 前句說明在做某件事的同時，後句多敘述可以互相補充做另一件事。意思是：「在…的同時，還…」、「一方面…，一方面…」、「另一方面…」。

・ 景気がよくなる一方で、人々のやる気も出てきている。

　　・ 在景氣好轉的同時，人們也更有幹勁了。

◆ **【用言連體形；體言の】＋うえ、うえに**

→ 表示追加、補充同類的內容。意思是：「…而且…」、「不僅…，而且…」、「在…之上，又…」。

・ 主婦は、家事の上に育児もしなければなりません。

　　・ 家庭主婦不僅要做家事，而且還要帶孩子。

◆ **【體言の；動詞連體形】＋うえで、うえでの**

→ 先進行前一動作，後面再根據前面的結果，採取下一個動作。意思是：「在…之後」、「…以後…」、「之後（再）…」。

・ 土地を買った上で、建てる家を設計しましょう。

　　・ 買了土地以後，再來設計房子吧！

◆ **【動詞連體形】＋うえは**

→ 前接表示某種決心、責任等行為的詞，後續表示必須採取跟前面相對應的動作。意思是：「既然…」、「既然…就…」。

・ 会社をクビになった上は、屋台でもやるしかない。

　　・ 既然被公司炒魷魚，就只有開路邊攤了。

◆ 【動詞意向形】＋うではないか

→ 提議或邀請對方跟自己共同做某事。意思是：「讓…吧」、「我們（一起）…吧」。

・ みんなで協力して困難を乗り越えようではありませんか。

　　・ 讓我們同心協力共度難關吧！

◆ 【動詞連用形】＋うる、える

→ 表示可以採取這一動作，有發生這種事情的可能性。意思是：「可能…」、「能…」、「會…」。

・ コンピューターを使えば、大量のデータを計算し得る。

　　・ 利用電腦，就能統計大量的資料。

◆ 【動詞連體形；名詞の】＋かぎり、かぎりは、かぎりでは

→ 憑著自己的知識、經驗等有限的範圍做出判斷，或提出看法。意思是：「在…的範圍內」、「就…來說」、「據…調查」。

・ 私の知るかぎりでは、彼は最も信頼できる人間です。

　　・ 據我所知，他是最值得信賴的人。

◆ 【動詞連用形】＋がたい

→ 表示做該動作難度非常高，或幾乎是不可能。意思是：「難以…」、「很難…」、「不能…」。

・ 彼女との思い出は忘れがたい。

　　・ 很難忘記跟她在一起時的回憶。

◆ 【動詞過去式】＋かとおもうと、かとおもったら

→ 表示前後兩個對比的事情，在短時間內幾乎同時相繼發生。意思是：「剛一…就…」、「剛…馬上就…」。

・ さっきまで泣いていたかと思ったら、もう笑っている。

　　・ 剛剛才在哭，這會兒又笑了。

◆ 【動詞終止形】＋か＋【同一動詞未然形】＋ないかのうちに

→ 表示前一個動作才剛開始，在似完非完之間，第二個動作緊接著又開始了。意思是：「剛剛…就…」、「一…（馬上）就…」。

・ 試合が開始するかしないかのうちに、1点取られてしまった。

　　・ 比賽才剛開始，就被得了一分。

◆ 【動詞連用形】＋かねる

→ 表示本來能做到的事，由於主、客觀上的原因，而難以做到某事。意思是：「難以…」、「不能…」、「不便…」。

・ その案には、賛成しかねます。

　　・ 那個案子我無法贊成。

◆ 【動詞連用形】＋かねない

→ 表示有這種可能性或危險性。意思是：「很可能…」、「也許會…」、「說不定將會…」。

・ あいつなら、そのようなでたらめも言いかねない。

　　・ 那傢伙的話，就很可能會信口胡說。

◆ 【用言終止形】＋かのようだ

→ 將事物的狀態、性質、形狀及動作狀態，比喻成比較誇張的、具體的，或比較容易瞭解的其他事物。意思是：「像…一樣的」、「似乎…」。

・ この村では、中世に戻ったかのような生活をしています。

　　・ 這個村子，過著如同回到中世紀般的生活。

◆ 【體言】＋からして

→ 表示判斷的依據。意思是：「從…來看…」。

・ あの態度からして、女房はもうその話を知っているようだな。

　　・ 從那個態度來看，我老婆已經知道那件事了吧！

⑨ からには、からは

【用言終止形】＋からには、からは。表示既然到了這種情況，後面就要「貫徹到底」的說法。因此，後句中表示說話人的判斷、決心、命令、勸誘及意志等。一般用於書面上。相當於「…のなら、…以上は」。中文意思是：「既然…」、「既然…，就…」。

例 教師になったからには、生徒一人一人をしっかり育てたい。

既然當了老師，當然就想要把學生一個個都確實教好。

既然當了老師
（說話人的決心），

就要把學生一個個確實教好（後句有徹底、確實的含意）。

コンクールに出るからには、毎日練習しなければだめですよ。
既然要參加競演會，不每天練習是不行的。

信じようと決めたからには、もう最後まで味方になろう。
既然決定要相信你，到最後就都是站在你這一邊。

自分で選んだ道であるからは、最後までがんばるつもりです。
既然是自己選的路，我就要努力到底。

出馬するからには、ぜひとも勝ってほしいですね。
既然要競選，希望一定要當選。

⑩ かわりに

（1）【體言の】＋かわりに。表示由另外的人或物來代替，意含「本來是前項，但因某種原因由後項代替」。相當於「…の代理で」、「…とひきかえに」。中文意思是：「代替…」。（2）【用言連體形】＋かわりに。表示一件事同時具有兩個相互對立的側面，一般重點在後項。相當於「…一方で」。中文意思是：「雖然…但是…」。

例 正月は海外旅行に行くかわりに、近くの温泉に行った。

過年不去國外旅行，改到附近洗溫泉。

原本要去國外旅行
（原本是前項），

但想到景氣不好還是多存點錢在身邊，所以就改洗溫泉來代替旅行啦（由後項來代替）！

O   X

社長のかわりに、奥様がいらっしゃいました。
社長夫人代替社長蒞臨了。

過去のことを言うかわりに、未来のことを考えましょう。
不說過去的事，想想未來的事吧！

人気を失ったかわりに、静かな生活が戻ってきた。
雖然不再受歡迎，但換回了平靜的生活。

今度は電話のかわりに、メールで連絡を取った。
這次不打電話，改用電子郵件取得聯絡。

⑪ 気味(ぎみ)

【體言；動詞連用形】＋ぎみ。漢字是「気味」。表示身心、情況等有這種樣子，有這種傾向，用在主觀的判斷。多用在消極或不好的場合。相當於「…の傾向がある」。中文意思是：「有點…」、「稍微…」、「…趨勢」等。

例 ちょっと風邪(かぜ)ぎみで、熱(ねつ)がでる。

有點感冒，發了燒。

最近天氣變化多又老加班，身體感到渾身無力，又有點發熱！是不是感冒了？

這感覺是主觀的，而且大都是不好的情況。

疲(つか)れぎみなので、休息(きゅうそく)します。
有點累，我休息一下。

どうも学生(がくせい)の学力(がくりょく)が下(さ)がりぎみです。
總覺得學生的學習力有點下降。

最近(さいきん)、少(すこ)し疲(つか)れ気味(ぎみ)です。
最近感到有點疲倦。

この時計(とけい)は1、2分(ふんおく)遅(おく)れ気味(ぎみ)です。
這錶常會慢一兩分。

⑫ きり

（1）【體言】＋きり。接在名詞後面，表示限定。也就是只有這些的範圍，除此之外沒有其它。與「…だけ」、「…しか…ない」意思相同。中文意思是：「只有…」。（2）【動詞連用形】＋きり。表示不做別的事，一直做這一件事。相當於「…て、そのままずっと」。中文意思是：「一直…」、「全心全意地…」。

例 今度は二人きりで、会いましょう。

下次就我們兩人出來見面吧！

每次出去都是一票人，也沒辦法單獨跟妳好好聊聊。

下次就我們兩見面吧！用「きり」表示只有的意思。

割引をするのは、三日きりです。
打折只有三天時間。

今もっている現金は、それきりです。
現在手邊的現金就只有那些了。

難病にかかった娘を付ききりで看病した。
全心全意地照顧罹患難治之症的女兒。

子供が独立して、夫婦二人きりの生活が始まった。
小孩都獨立了，夫妻兩人的生活開始了。

⓭ きる、きれる、きれない

【動詞連用形】＋きる、きれる、きれない。有接尾詞作用。接意志動詞的後面，表示行為、動作做到完結、竭盡、堅持到最後。相當於「終わりまで…する」。中文意思是：「…完」；接在無意志動詞的後面，表示程度達到極限。相當於「十分に…する」。中文意思是：「充分」、「完全」、「到極限」；「…不了…」、「不能完全…」。

例 いつの間にか、お金を使いきってしまった。

不知不覺，錢就花光了。

> 這個月明明才領了薪水，但是水電費啦！治裝費啦！就這樣錢就花完了！

> No Money!

> 把錢花光這個動作用「きる」表示。

マラソンのコースを全部走りきりました。
馬拉松全程都跑完了。

3日間も寝ないで、仕事をして、疲れきってしまった。
工作三天沒睡覺，累得精疲力竭。

そんなにたくさん食べきれないよ。
我沒辦法吃那麼多啦！

マラソンを最後まで走りきれるかどうかは、あなたの体力次第です。
是否能跑完全程的馬拉松，端看你的體力。

⑭ くせに

【用言連體形；體言の】＋くせに。表示逆態接續。用來表示根據前項的條件，出現後項讓人覺得可笑的、不相稱的情況。全句帶有譴責、抱怨、反駁、不滿、輕蔑的語氣。批評的語氣比「のに」更重，較為口語。中文意思是：「雖然…，可是…」、「…，卻…」等。

例 芸術もわからないくせに、偉そうなことを言うな。

明明不懂藝術，別在那裡說得像真的一樣。

明明不懂藝術，但卻一副很懂藝術的樣子，真是可笑！

「くせに」後接的句子大都含有貶義。

彼女が好きなくせに、嫌いだと言い張っている。
明明喜歡她，卻硬說討厭她。

彼は助教授のくせに、教授になったと嘘をついた。
他只是副教授，卻謊稱是教授。

お金もそんなにないくせに、買い物ばかりしている。
明明沒什麼錢，卻一天到晚買東西。

子供のくせに、偉そうことを言うな。
只是個小孩子，不可以說那種大話！

⑮ くらい…はない、ほど…はない

【體言】＋くらい＋【體言】＋はない。【體言】＋ほど＋【體言】＋はない。表示前項程度極高，別的東西都比不上，是「最…」的事物。中文意思是：「沒什麼是…」、「沒有…像…一樣」、「沒有…比…的了」。

例 母の作る手料理ぐらいおいしいものはない。

沒有什麼東西是像媽媽親手做的料理一樣美味的。

> 我媽做的菜超讚的，尤其是漢堡排，是世上最好吃的！想到就流口水了呢～

> 用「くらい～はない」表示媽媽的菜餚美味程度無人能及。

親に捨てられた子どもぐらい惨めなものはない。
沒有像被父母拋棄的小孩一樣淒慘的了。

渋谷ほど楽しい街はない。
沒有什麼街道是比澀谷還好玩的了。

彼ほど沖縄を愛した人はいない。
沒有人比他還愛沖繩。

⑯ くらい（だ）、ぐらい（だ）

【用言連體形】＋くらい（だ）、くらい（だ）。表示極端的程度。用在為了進一步說明前句的動作或狀態的程度，舉出具體事例來。相當於「…ほど」。中文意思是：「幾乎…」、「簡直…」、「甚至…」等。

例 田中さんは美人になって、本当にびっくりするくらいでした。

田中小姐變得那麼漂亮，簡直叫人大吃一驚。

我的天啊！醜小鴨田中變得這麼漂亮！

用「くらい」前接具體事例「びっくりする」（大吃一驚）來表示程度的極端。

女房と一緒になったときは、嬉しくて涙が出るくらいでした。
跟老婆結成連理時，高興得眼淚幾乎要掉下來。

マラソンのコースを走り終わったら、疲れて一歩も歩けないくらいだった。
跑完馬拉松全程，精疲力竭到幾乎一步也踏不出去。

街の変化はとても激しく、別の場所に来たのかと思うくらいです。
街道的變化太大，幾乎以為來到了別的地方。

この問題は誰にでもできるぐらい簡単です。
這個問題簡單到幾乎每個人都會回答。

⑰ くらいなら、ぐらいなら

【動詞連體形】＋くらいなら、ぐらいなら。表示與其選前者，不如選後者，是一種對前者表示否定、厭惡的說法。常跟「ましだ」相呼應，「ましだ」表示兩方都不理想，但比較起來，還是某一方好一點。中文的意思是：「與其…不如…」、「要是…還不如…」等。

例 途中でやめるぐらいなら、最初からやるな。

與其要半途而廢，不如一開始就別做！

什麼？好不容易通過的企畫案，才做一半就要放棄！

說話人認為「半途而廢」是很不好的，與其這樣，還是「一開始就別做」的好。

辱めを受けるぐらいなら、むしろ死んだほうがいい。
假如要受這種侮辱，還不如一死百了！

あんな男と結婚するぐらいなら、一生独身の方がましだ。
與其要和那種男人結婚，不如一輩子單身比較好。

借金するぐらいなら、最初から浪費しなければいい。
如果會落到欠債的地步，不如一開始就別揮霍！

大々的にリフォームするくらいなら、建て替えた方がいいんじゃない。
與其要大肆裝修房屋，不如整棟拆掉重蓋比較好吧？

附錄　口語常用說法

1　ちゃ/じゃ/きゃ

---

① 可不翻譯　　では→じゃ

在口語中「では」幾乎都變成「じゃ」。「じゃ」是「では」的縮略形式，也就是縮短音節的形式，一般是用在口語上。多用在跟自己比較親密的人，輕鬆交談的時候。

- ○ これ、あんまりきれいじゃないね。
  這個好像不大漂亮耶！
- ○ あの人、正子じゃない？
  那個人不是正子嗎？

---

② …完、…了　　てしまう→ちゃう；でしまう→じゃう

[動詞連用形＋ちゃう／じゃう]。「…ちゃう」是「…てしまう」的省略形。表示完了、完畢，或某一行為、動作所造成無可挽回的現象或結果，亦或是某種所不希望的或不如意事情的發生。な、ま、が、ば行動詞的話，用「…じゃう」。

- ○ 夏休みが終わっちゃった。
  暑假結束囉！
- ○ うちの犬が死んじゃったの。
  我家養的狗死掉了。

32

不要⋯、不許⋯

てはいけない→ちゃいけない；
ではいけない→じゃいけない

[形容詞・動詞連用形＋ちゃいけない]；[體言；形容動詞詞幹＋じゃいけない]。「⋯ちゃいけない」為「⋯てはいけない」的口語形。表示根據某種理由、規則禁止對方做某事，有提醒對方注意、不喜歡該行為而不同意的語氣。

○ ここで走っちゃいけないよ。
不可以在這裡奔跑喔！
○ 子供がお酒を飲んじゃいけない。
小孩子不可以喝酒。

④

不能不⋯、
不許不⋯；
必須⋯

なくてはいけない→なくちゃいけない；
なければならない→なきゃならない

[動詞・形容詞連體形＋なくちゃいけない]；[體言；形容動詞詞幹＋でなくちゃいけない]。「⋯なくちゃいけない」為「⋯なくてはいけない」的口語形。表示規定對方要做某事，具有提醒對方注意，並有義務做該行為的語氣。多用在個別的事情、對某個人。
[動詞・形容詞連體形＋なきゃならない；體言・形容動詞詞幹＋でなきゃならない]。「なきゃならない」為「なければならない」的口語形。表示無論是自己或對方，從社會常識或事情的性質來看，不那樣做就不合理，有義務要那樣做。

○ 毎日、ちゃんと花に水をやらなくちゃいけない。
每天都必須幫花澆水。
○ それ、今日中にしなきゃならないの。
這個非得在今天之內完成不可。

2 てる/てく/とく

① 在…、正在 …、…著　　ている→てる

表示動作、作用在繼續、進行中，或反覆進行的行為跟習慣，也指發生變化後結果所處的狀態。「…てる」是「…ている」的口語形，就是省略了「い」的發音。

○ 何^{なに}をしてるの？
你在做什麼呀？

○ 切符^{きっぷ}はどこで売^うってるの？
請問車票在哪裡販售呢？

② 去…、…下去、或不翻譯　　ていく→てく

「…ていく」的口語形是「…てく」，就是省略了「い」的發音。表示某動作或狀態，離說話人越來越遠地移動或變化，或從現在到未來持續下去。

○ 車^{くるま}で送^{おく}ってくよ。
我開車送你過去吧！

○ お願^{ねが}い、乗^のせてって。
求求你，載我去嘛！

③ 先…、…著　　ておく→とく

「…とく」是「…ておく」的口語形，就是把「てお」（teo）說成「と」（to），省掉「e」音。「て形」就說成「…といて」。表示先做準備，或做完某一動作後，留下該動作的狀態。ま、な、が、ば行動詞的變化是由「…でおく」變為「…どく」。

○ 僕のケーキも残しといてね。
記得也要幫我留一塊蛋糕喔！

○ 忘れるといけないから、今、薬を飲んどいて。
忘了就不好了，先把藥吃了吧！

3 って/て

① …是…　　　というのは→って

[體言＋って]。這裡的「…って」是「…というのは」的口語形。表示就對方所說的一部份，為了想知道更清楚，而進行詢問，或是加上自己的解釋。

○ 中山さんって誰？知らないわよ、そんな人。
中山小姐是誰？我才不認識那樣的人哩！

○ あいつっていつもこうだよ。すぐうそをつくんだから。
那傢伙老是這樣，動不動就撒謊。

② …所謂…，叫做…　　　という→って、て

[體言；用言終止形＋って]。「…って、て」為「…という」的口語形，表示人或事物的稱謂，或提到事物的性質。

○ ＯＬって大変だね。
粉領族真辛苦啊！

○ これ、何て犬？
這叫什麼狗啊？

○ チワワっていうのよ。
叫吉娃娃。

③ 認為…，聽説… と<ruby>思<rt>おも</rt></ruby>う→って；と<ruby>聞<rt>き</rt></ruby>いた→って

這裡的「…って」是「と思う、と聞いた」的口語形。用在告訴對方自己所想的，或所聽到的。

○ よかったって<ruby>思<rt>おも</rt></ruby>ってるんだよ。
我覺得真是太好了。

○ <ruby>花子<rt>はなこ</rt></ruby>、<ruby>見<rt>み</rt></ruby><ruby>合<rt>あ</rt></ruby>い<ruby>結婚<rt>けっこん</rt></ruby>だって。
聽說花子是相親結婚的。

④ （某某）説…、聽説… ということだ→って、だって

[動詞・形容詞連體形＋って]；[體言；形容動詞詞幹]＋なんだって]。
「…って」是「…ということだ」的口語形。表示傳聞。是引用傳達別人的話，這些話常常是自己直接聽到的。

○ <ruby>彼女<rt>かのじょ</rt></ruby>、<ruby>行<rt>い</rt></ruby>かないって。
聽說她不去。

○ お<ruby>兄<rt>にい</rt></ruby>さん、<ruby>今日<rt>きょう</rt></ruby>は<ruby>帰<rt>かえ</rt></ruby>りが<ruby>遅<rt>おそ</rt></ruby>くなるって。
哥哥說過他今天會晚點回家唷！

○ <ruby>彼女<rt>かのじょ</rt></ruby>のご<ruby>主人<rt>しゅじん</rt></ruby>、お<ruby>医者<rt>いしゃ</rt></ruby>さんなんだって。
聽說她老公，還是醫生呢！

4 たって／だって

① 即使…也…、
雖説…但是… **ても→たって**

[動詞過去式；形容詞連用形＋たって]。「…たって」就是
「…ても」。表示假定的條件。後接跟前面不合的事，後面
的成立，不受前面的約束。

○ 私に怒ったってしかたないでしょう？
<ruby>私<rt>わたし</rt></ruby>に<ruby>怒<rt>おこ</rt></ruby>ったってしかたないでしょう？
　就算你對我發脾氣也於事無補吧？

○ いくら<ruby>勉強<rt>べんきょう</rt></ruby>したって、わからないよ。
　不管我再怎麼用功，還是不懂嘛！

○ <ruby>遠<rt>とお</rt></ruby>くたって、<ruby>歩<rt>ある</rt></ruby>いていくよ。
　就算很遠，我還是要走路去。

○ いくら<ruby>言<rt>い</rt></ruby>ったってだめなんだ。
　不管你再怎麼説還是不行。

② （名詞）即
使…也…；
（疑問詞）
…都… **でも→だって**

[體言；形容動詞詞幹＋だって]。「だって」相當於「…で
も」。表示假定逆接。就是後面的成立，不受前面的約束。
[疑問詞＋だって]。表示全都這樣，或是全都不是這樣的意
思。

○ <ruby>不便<rt>ふべん</rt></ruby>だってかまわないよ。
　就算不方便也沒有關係。

○ <ruby>強<rt>つよ</rt></ruby>い<ruby>人<rt>ひと</rt></ruby>にだって<ruby>勝<rt>か</rt></ruby>てるわよ。
　再強的人我都能打贏。

○ <ruby>時間<rt>じかん</rt></ruby>はいつだっていいんだ。
　不論什麼時間都無所謂。

5 ん

① ない→ん

「ない」說文言一點是「ぬ」（nu），在口語時脫落了母音「u」，所以變成「ん」（n），也因為是文言，所以說起來比較硬，一般是中年以上的男性使用。

○ 来るか来ないかわからん。
我不知道他會不會來。

○ 間に合うかもしれんよ。
說不定還來得及喔。

② ら行→ん

口語中也常把「ら行」「ら、り、る、れ、ろ」變成「ん」。如：「やるの→やんの」，「わからない→わかんない」，「お帰りなさい→お帰んなさい」，「信じられない→信じらんない」。後三個有可愛的感覺，雖然男女都可以用，但比較適用女性跟小孩。對日本人而言，「ん」要比「ら行」的發音容易喔！

○ 信じらんない、いったいどうすんの？
真令人不敢相信！到底該怎麼辦啊？

○ この問題難しくてわかんない。
這一題好難，我都看不懂。

③ の→ん

口語時，如果前接最後一個字是「る」的動詞，「る」常變成「ん」。另外，在[t]、[d]、[tʃ]、[r]、[n]前的「の」在口語上有發成「ん」的傾向。[動詞連體形＋んだ]。這是用在表示說明情況或強調必然的結果，是強調客觀事實的句尾表達形式。「…んだ」是「…のだ」的口語音變形式。

○ 今から出かけるんだ。
我現在正要出門。

○ もう時間なんで、お先に失礼。
時間已經差不多了，容我先失陪。

○ ここんとこ、忙しくて。
最近非常忙碌。

6 其他各種口語縮約形

① 變短

口語的表現，就是求方便，聽得懂就好了，所以容易把音吃掉，變得更簡短，或是改用比較好發音的方法。如下：
けれども→けど
ところ→とこ
すみません→すいません
わたし→あたし
このあいだ→こないだ

○ 今迷ってるとこなんです。
我現在正猶豫不決。

○ 音楽会の切符あるんだけど、どう？
我有音樂會的票，要不要一起去呀？

○ あたし、料理苦手なのよ。
我的廚藝很差。

長音短音化

把長音發成短音，也是口語的一個特色。總之，口語就是一個求方便、簡單。括號中為省去的長音。

○ いっしょ（う）けんめいやる。
會拚命努力去做。

○ 今日、けっこ（う）歩くね。
<ruby>今日<rt>きょう</rt></ruby> <ruby>歩<rt>ある</rt></ruby>
今天走了不少路哪！

促音化

口語中為了說話表情豐富，或有些副詞為了強調某事物，而有促音化「っ」的傾向。如下：
こちら→こっち
そちら→そっち
どちら→どっち
どこか→どっか
すごく→すっごく
ばかり→ばっかり
やはり→やっぱり
くて→くって（よくて→よくって）
やろうか→やろっか

○ こっちにする、あっちにする？
要這邊呢？還是那邊呢？

○ じゃ、どっかで会おっか。
<ruby>会<rt>あ</rt></ruby>
那麼，我們找個地方碰面吧？

○ あの子、すっごくかわいいんだから。
<ruby>子<rt>こ</rt></ruby>
那個小孩子實在是太可愛了。

撥音化

加入撥音「ん」有強調語氣作用，也是口語的表現方法。如下：
あまり→あんまり
おなじ→おんなじ

○ 家からあんまり遠くないほうがいい。
最好離家不要太遠。

○ 大きさがおんなじぐらいだから、間違えちゃいますね。
因為大小尺寸都差不多，所以會弄錯呀！

⑤

拗音化

「れは」變成「りゃ」、「れば」變成「りゃ」是口語的表現方式。這種說法讓人有「粗魯」的感覺，大都為中年以上的男性使用。常可以在日本人吵架的時候聽到喔！如下：
これは→こりゃ
それは→そりゃ
れば→りゃ（食べれば→食べりゃ）

○ こりゃ難しいや。
這下可麻煩了。

○ そりゃ大変だ。急がないと。
那可糟糕了，得快點才行。

○ そんなにやりたきゃ、勝手にすりゃいい。
如果你真的那麼想做的話，那就悉聽尊便吧。

⑥

省略開頭

說得越簡單、字越少就是口語的特色。省略字的開頭也很常見。如下：
それで→で
いやだ→やだ
ところで→で

○ 丸いのはやだ。
我不要圓的！

○ ったく、人をからかって。
真是的，竟敢嘲弄我！

○ そうすか、じゃ、お言葉に甘えて。
是哦，那麼，就恭敬不如從命了。

⑦ 省略字尾

前面說過，說得越簡單、字越少就是口語的特色。省略字尾
也很常見喔！如下：
帰ろう→帰ろ
でしょう→でしょ（だろう→だろ）
ほんとう→ほんと
ありがとう→ありがと

○ きみ、独身だろ？
你還沒結婚吧？

○ ほんと？どうやるんですか。
真的嗎？該怎麼做呢？

⑧ 母音脱落

母音連在一起的時候，常有脫落其中一個母音的傾向。如下：
ほうがいいんです→ほうがインです。
（いい→「ii→i（イ）」）
這樣比較好。

やむをえない→やモえない。
（むを→「muo→mo（も）」）
不得已。

7 省略助詞

① を

在口語中，常有省略助詞「を」的情況。

○ ご飯（を）食べない？
昨天的派對辦得怎麼樣呢？

要不要一起來吃飯呢？

○ いっしょにビール（を）飲まない？
要不要一起喝啤酒呢？

② が、に（へ）

如果從文章的前後文內容來看，意思很清楚，不會有錯誤時，常有省略「が」、「に（へ）」的傾向。其他的情況，就不可以任意省略喔！

○ おもしろい本（が）あったらすぐ買うの？
要是發現有趣的書，就要立刻買嗎？

○ コンサート（に／へ）行く？
要不要去聽演唱會呢？

○ 遊園地（に／へ）行かない？
要不要去遊樂園呢？

③ は

提示文中主題的助詞「は」在口語中，常有被省略的傾向。

○ 昨日のパーティー（は）どうだった？
昨天的派對辦得怎麼樣呢？

○ 学校（は）何時からなの？
學校幾點上課？

8 縮短句子

①

てください→て；ないでください→ないで

簡單又能迅速表達意思，就是口語的特色。請求或讓對方做什麼事，口語的說法，就用這裡的「て」（請）或「ないで」（請不要）。

○ 智子、辞書持ってきて。
智子，把辭典拿過來。

○ 何も言わないで。
什麼話都不要說。

②

なくてはいけない→なくては；なくちゃいけない→なくちゃ；ないといけない→ないと

表示不得不，應該要的「なくては」、「なくちゃ」、「ないと」都是口語的形式。朋友和家人之間，簡短的說，就可以在很短的時間，充分的表達意思了。

○ 明日返さなくては。
明天就該歸還的。

○ 皆さんに謝らなくちゃ。
得向大家道歉才行。

○ もっと急がないと。
再不快點就來不及了。

たらどうですか→たら；ばどうですか→ば；
てはどうですか→ては

「たら」、「ば」、「ては」都是省略後半部，是口語常有的說法。都有表示建議、規勸對方的意思。都有「…如何」的意思。朋友和家人之間，由於長期生活在一起，有一定的默契，所以話可以不用整個講完，就能瞭解意思啦！

○ 難しいなら、先生に聞いてみたら？
這部分很難，乾脆去請教老師吧？

○ 電話してみれば？
乾脆打個電話吧？

○ 食べてみては？
要不要吃吃看呢？

9 曖昧的表現

① …之類、
…等等　　　　でも

說話不直接了當，給自己跟對方留餘地是日語的特色。「體言＋でも」不用說明情況，只是舉個例子來提示，暗示還有其他可以選擇。

○ ねえ。犬でも飼う？
我說呀，要不要養隻狗呢？

○ コーヒーでも飲む？
要不要喝杯咖啡？

…之類、…等　　**なんか**

[體言＋なんか]。是不明確的斷定，說的語氣婉轉，這時相當於「など」。表示從多數事物中特舉一例類推其它，或列舉很多事物接在最後。

○ 納豆なんかどう？体にいいんだよ。
要不要吃納豆呢？有益身體健康喔！

○ これなんかおもしろいじゃないか。
像這種東西不是挺有意思的嗎？

③

有時…，有時…；又…又…　　**たり**

[體言；形容動詞過去式＋たり]；[動詞・形容詞過去式＋り]。表示列舉同類的動作或作用。

○ 夕食の時間は7時だったり8時だったりで、決まっていません。
晚餐的時間有時候是七點，有時候是八點，不太一定。

○ 最近、暑かったり寒かったりだから、風邪を引かないようにね。
最近的天氣時熱時冷，小心別感冒囉！

○ 休みはいつも部屋で音楽聴いたり本読んだりしてるよ。
在假日時，我總是在房間裡聽聽音樂、看看書。

④

…啦…啦、…
或…　　　　　とか

[體言；用言終止形＋とか]。表示從各種同類的人事物中選出
一、兩個例子來說，或羅列一些事物。

○ 頭が痛いって、どしたの？お父さんの会社、危
ないとか？
你為什麼會頭疼呢？難道是你爸爸的公司面臨倒閉
危機嗎？

○ 休みの日は、テレビを見るとか本を読むとかす
ることが多い。
假日時，我多半會看電視或是看書。

⑤

因為…　　　　　し

[用言終止形＋し]。表示構成後面理由的幾個例子。

○ 今日は暇だし、天気もいいし、どっか行こう
よ。
今天沒什麼事，而且天氣晴朗，我們挑個地方走一
走吧！

○ 今年は、給料も上がるし、結婚もするし、いい
ことがいっぱいだ。
今年加了薪又結了婚，全都是些好事。

10 語順的變化

① 感情句移到句首

迫不及待要把自己的喜怒哀樂，告訴對方，口語的表達方式，就是把感情句放在句首。

○ 優勝できておめでとう。
→おめでとう、優勝できて。
恭喜榮獲冠軍！

○ その日行けなくても仕方ないよね。
→仕方ないよね、その日行けなくても。
那天沒辦法去也是無可奈何的事呀！

② 先說結果，再說理由

對方想先知道的，先講出來，就是口語的常用表現方法了。

○ 格好悪いから嫌だよ。
→嫌だよ、格好悪いから。
那樣很遜耶，我才不要哩！

○ 日曜日だから銀行休みだよ。
→銀行休みだよ、日曜日だから。
因為是星期天，所以銀行沒有營業呀！

③ 疑問詞移到句首

有疑問，想先讓對方知道，口語中常把疑問詞放在前面。

○ これは何（なに）？
→ 何（なに）、これ？
這是什麼？

○ 時計（とけい）はどこに置（お）いたんだろう。
→ どこに置（お）いたんだろう、時計（とけい）？
不知道手錶放到哪裡去了呢？

④ 自己的想法、心情部分，移到前面

最想讓對方知道的事，如自己的想法或心情部分，要放到前面。

○ その日用事（ひようじ）があって、ごめん。
→ ごめん、その日用事（ひようじ）があって。
那天剛好有事，對不起。

○ 中（なか）に持（も）って来（き）ちゃだめ。
→ だめ、中（なか）に持（も）って来（き）ちゃ。
不可以帶進室內！

⑤ 副詞或副詞句，移到句尾

句中的副詞，也就是強調的地方，為了強調、叮嚀，口語中會移到句尾，再加強一次語氣。

○ ぜひお試（ため）しください。
→ お試（ため）しください、ぜひ。
請務必試試看。

○ ほんとは、僕（ぼく）も行（い）きたかったな。
→ 僕（ぼく）も行（い）きたかったな、ほんとは。
其實我也很想去哪！

11 其他

① 重複的說法

為了強調說話人的情緒，讓聽話的對方，能馬上感同身受，口語中也常用重複的說法。效果真的很好喔！如「だめだめ」（不行不行）、「よしよし」（太好了太好了）等。

○ へえ、これが作り方の説明書か。どれどれ。
是哦，這就是作法的說明書嗎。我瞧瞧、我瞧瞧。

○ ごめんごめん！待った？
抱歉抱歉！等很久了嗎？

② 「どうぞ」、「どうも」等固定表現

日語中有一些固定的表現，也是用省略後面的說法。這些說法可以用在必須尊重的長輩上，也可以用在家人或朋友上。這樣的省略說法，讓對話較順暢。

○ どうぞお大事にしてください。
→どうぞお大事に。
請多加保重身體。

○ どうぞご心配なさらないでください。
→どうぞご心配なく。
敬請無需掛意。

○ どうもありがとう。
→どうも。
謝謝。

③ 口語常有的表現（一）

「っていうか」相當於「要怎麼說…」的意思。用在選擇適當的說法的時候；「ってば」意思近似「…ったら」，表示很想跟對方表達心情時，或是直接拒絕對方，也用在重複同樣的事情，而不耐煩的時候。相當口語的表現方式。

○ 山田君って、山男っていうか、素朴で、男らしくて。
該怎麼形容山田呢？他像個山野男兒，既樸直又有男子氣概。

○ そんなに怒るなよ、冗談だってば。
你別那麼生氣嘛，只不過是開開玩笑而已啦！

④ 口語常有的表現（二）

「なにがなんだか」強調完全不知道之意；另外，叫對方時，沒有加上頭銜、小姐、先生等，而直接叫名字的，是口語表現的另一特色，特別是在家人跟朋友之間。

○ 難しくて、何が何だかわかりません。
太難了，讓我完全摸不著頭緒。

○ みか、どの家がいいと思う？
美佳，妳覺得哪間房子比較好呢？

○ まゆみ、お父さんみたいな人と付き合うんじゃない。
真弓，不可以跟像妳爸爸那種人交往！

⑱ こそ

【用言連用形；體言】＋こそ。（1）表示特別強調某事物。中文意思是：
「正是…」、「才（是）…」；（2）表示強調充分的理由。前面常接「か
ら」或「ば」。相當於「…ばこそ」。中文意思是：「正（因為）…才…」。

例 こちらこそよろしくお願いします。

彼此彼此，請多多關照。

「こそ」前接的
「こちら」（我）
是強調的事物。

強調不是您，
「我」才需要您
多多關照，就用
「こそ」。

誤りを認めてこそ、立派な指導者と言える。
唯有承認自己的錯，才叫了不起的領導者。

商売は、相手があればこそ成り立つものです。
買賣要有對象才能夠成立。

今度こそ試合に勝ちたい。
這次比賽一定要贏。

今年こそ『竜馬伝』を終わりまで読むぞ。
無論如何，今年非得讀完《龍馬傳》不可！

⑲ ことか

【疑問詞】＋【用言連體形】＋ことか。表示該事物的程度如此之大，大到沒辦法特定。含有非常感慨的心情。前面常接疑問詞「どんなに、どれだけ」等。相當於「非常に…だ」。中文意思是：「得多麼…啊」、「…啊」、「…呀」等。

例 あなたが子どもの頃は、どんなにかわいかったことか。

你小時候多可愛啊！

看到女兒孩童時期的照片，唉呀！真是可愛呀！

用「ことか」表示前接的「かわいかった」（可愛的）程度大到沒辦法特定。

それを聞いたら、お母さんがどんなに悲しむことか。
聽了那個以後，母親會多傷心啊！

やることがなくて、どんなに退屈したことか。
無所事事，多無聊呀！

彼はなんと立派な青年になったことか。
他成為這麼出色的青年了啊！

子供のときには、お正月をどんなに喜んだことでしょうか。
小時候，每逢過年，真不曉得有多麼開心呀。

⑳ ことだ

【動詞連體形】＋ことだ。表示一種間接的忠告或命令。說話人忠告對方，某行為是正確的或應當的，或某情況下將更加理想。口語中多用在上司、長輩對部屬、晚輩。相當於「…したほうがよい」。中文意思是：「就得…」、「要…」、「應當…」、「最好…」等。

例 大会に出たければ、がんばって練習することだ。

如果想出賽，就要努力練習。

「ことだ」前接長輩等忠告的內容。

想要出賽，那麼能力就要更強，也就是要不斷地練習。

不平があるなら、はっきり言うことだ。
如果有什麼不滿，最好要說清楚。

成功するためには、懸命に努力することだ。
要成功，就應當竭盡全力。

合格したければ、毎日勉強することだ。
要考上，就得每天讀書。

痩せたいのなら、間食、夜食をやめることだ。
如果想要瘦下來，就不能吃零食和消夜。

㉑ ことにしている

【動詞連體形】＋ことにしている。表示個人根據某種決心，而形成的某種習慣、方針或規矩。翻譯上可以比較靈活。中文的意思是：「都…」、「向來…」等。

例 自分は毎日12時間、働くことにしている。

> 也因此，決定「每天都會工作十二個小時」。現在也都成為習慣了。

> 公司網路開店之後，生意越來越好！我得多花時間在網路上了。

毎晩12時に寝ることにしている。
我每天都會到晚上十二點才睡覺。

休日は家でゆったりと過ごすことにしている。
每逢假日，我都是在家悠閒度過。

借金の連帯保証人にだけはならないことにしている。
唯獨當借款的連帶保證人這件事，我絕對不做。

個人攻撃はなるべく気にしないことにしている。
我向來盡量不把別人對我的人身攻擊放在心上。

㉒ ことになっている、こととなっている

【動詞連體形】＋ことになっている、こととなっている。表示客觀做出某種安排，像是表示約定或約束人們生活行為的各種規定、法律以及一些慣例。「ている」表示結果或定論等的存續。相當於「予定では…する」。中文意思是：「按規定…」、「預定…」、「將…」。

例

なつやす　　　　　あいだ　　か じ　　　　　こ ども
夏休みの間、家事は子供たちがすることになっている。

暑假期間，說好家事是小孩們要做的。

暑假期間，事家是小孩們做的，這是家人說好的規定。所以用「ことになっている」。

「ことになっている」可以表示這個約定的結果的持續存在。

しょるい　　　　　せいねんがっ ぴ　　か
書類には、生年月日を書くことになっていた。
資料按規定要填上出生年月日。

たいちょう　　く　　　　　　　　　　とど
隊長が来るまで、ここに留まることになっています。
按規定要留在這裡，一直到隊長來。

じ　い こう　　　がいしゅっきん し
10時以降は外出禁止ということとなっています。
按規定10點以後，禁止外出。

し けんさくせい し しん　　　　　　　　　　　　　　　　　しゅつだい
試験作成指針によるとテキストから出題されることになっている。
根據考試指南，試題將會從課文內容裡面出題。

㉓ ことはない

【動詞連體形】＋ことはない。表示鼓勵或勸告別人，沒有做某一行為的必要。相當於「…する必要はない」。中文意思是：「不要…」、「用不著…」。

> **例** 部長の評価なんて、気にすることはありません。
>
> 用不著去在意部長的評價。

> 莉莉花了很多心思寫的企畫案，又被部長批評得一文不值。

> 鼓勵莉莉不要太在意用「ことはない」前面加「気にする」。

あんなひどい女のことで、悩むことはないですよ。
用不著為那種壞女人煩惱。

日本でも勉強できますから、アメリカまで行くことはないでしょう。
在日本也可以學，不必去美國吧！

時間は十分あるから急ぐことはない。
時間還很充裕，不用著急。

車で10分で行けますので、慌てることはない。
由於只要開車十分鐘就可抵達了，不需要慌張。

㉔ 際、際は、際に（は）

【體言の；動詞連體形】＋際、際は、際に（は）。表示動作、行為進行的時候。相當於「…ときに」。中文意思是：「…的時候」、「在…時」、「當…之際」等。

例 仕事の際には、コミュニケーションを大切にしよう。

在工作時，要著重視溝通。

團體要得到共識，溝通是很重要的，尤其是在工作的時候。

表示「…的時候」用「際には」。

故郷に帰った際に、とても歓迎された。
回故鄉時，受到熱烈的歡迎。

以前、東京でお会いした際、名刺をお渡ししたと思います。
我想之前在東京與您見面時，有遞過名片給您。

パスポートを申請する際には写真が必要です。
申請護照時需要照片。

何か変更がある際は、こちらから改めて連絡いたします。
若有異動時，我們會再和您聯繫。

㉕ 最中（さいちゅう）に、最中（さいちゅう）だ

【名の；用言連用形＋ている】＋最中に、最中だ。表示某一行為、動作正在進行中。常用在這一時刻，突然發生了什麼事的場合。相當於「…している途中に」。中文意思是：「正在…」。

例 例（れい）の件（けん）について、今検討（いまけんとう）している最中（さいちゅう）だ。

那個案子，現在正在檢討中。

那件企畫案，由於尺寸出了問題，所以大家正在檢討中。

表示檢討這一行為正在進行用「最中だ」。

大事（だいじ）な試験（しけん）の最中（さいちゅう）に、急（きゅう）におなかが痛（いた）くなってきた。
在重要的考試時，肚子突然痛起來。

放送（ほうそう）している最中（さいちゅう）に、非常（ひじょう）ベルが鳴（な）り出（だ）した。
廣播時警鈴突然響起來了。

犯罪防止（はんざいぼうし）の方法（ほうほう）を考（かんが）えている最中（さいちゅう）ですが、何（なに）かいい知恵（ちえ）はありませんか。
我正在思考預防犯罪的方法，你有沒有什麼好主意？

台所（だいどころ）でてんぷらを揚（あ）げていた最中（さいちゅう）に、地震（じしん）が起（お）きた。
正當我在廚房烹炸天婦羅時，突然發生了地震。

㉖ さえ、でさえ

【體言】＋さえ、でさえ。用在理所當然的事都不能了，其他的事就更不用說了。相當於「…すら、…でも、…も」。中文意思是：「連…」、「甚至…」。

例 私でさえ、あの人の言葉にはだまされました。
就連我也被他的話給騙了。

暗含其它的人就更不用說了。

平常最精明的我，都被那個人的花言巧語給騙了。

学費がなくて、高校進学さえ難しかった。
沒錢繳學費，就連上高中都有問題了。

眠ることさえできないほど、ひどい騒音だった。
噪音大到連睡都沒辦法睡！

彼は「あいうえお」さえ読めません。
他連「あいうえお」都不會唸。

㉗ さえ…ば、さえ…たら

【體言】＋さえ＋【用言假定形】＋ば、たら。表示只要某事能夠實現就足夠了。其他的都是小問題。強調只需要某個最低，或唯一的條件，後項就可以成立了。相當於「…その条件だけあれば」。中文意思是：「只要…（就）…」。

例 手続きさえすれば、誰でも入学できます。

只要辦手續，任何人都能入學。

哇！這所學校門檻真低，只要申請一下，任誰都可以入學的。

也就是只要做「さえ…ば」前面的動作，其餘的都是小問題啦！

この試合にさえ勝てば、優勝できそうだ。
只要能贏這場比賽，大概就能獲得冠軍。

君の歌さえよかったら、すぐにでもコンクールに出場できるよ。
只要你歌唱得好，馬上就能參加試唱會！

道が込みさえしなければ、空港まで30分で着きます。
只要不塞車，30分就能到機場了。

君の都合さえ良かったら、遊びに来てください。
只要你有空，歡迎隨時來玩。

㉘ （さ）せてください、（さ）せてもらえますか、（さ）せてもらえませんか

【動詞未然形；サ變動詞語幹】＋（さ）せてください、（さ）せてもらえますか、（さ）せてもらえませんか。「（さ）せてください」用在想做某件事情前，先請求對方的許可。「（さ）せてもらえますか」、「（さ）せてもらえませんか」表示徵詢對方的同意來做某件事情。以上三個句型的語氣都是客氣的。中文意思是：「請讓…」、「能否允許…」、「可以讓…嗎？」。

例 課長、その企画は私にやらせてください。

課長，那個企劃請讓我來做。

（暗想）：這份企劃案成功的話升遷就不是夢想！我可要好好把握！

「やる」變成「やらせてください」，語氣變得委婉許多，對上司講話就是要這麼客氣喔！

お願い、子どもに会わせてください。
拜託你，請讓我見見孩子。

あとでお返事しますから、少し考えさせてもらえませんか。
我稍後再回覆您，所以可以讓我稍微考慮一下嗎？

今日はこれで帰らせてもらえますか。
請問今天可以讓我回去了嗎？

㉙ （さ）せる

【一段動詞；カ變動詞未然形；サ變動詞詞幹】＋させる。【五段動詞未然形】＋せる。表示使役。使役形的用法有：（1）某人強迫他人做某事，由於具有強迫性，只適用於長輩對晚輩或同輩之間。這時候如果是他動詞，用「XがYにNをV-（さ）せる」。如果是自動詞用「XがYを／にV-（さ）せる」；（2）某人用言行促使他人（用「を」表示）自然地做某種動作；（3）允許或放任不管。中文意思是：「讓…」、「叫…」。

例 親が子供に部屋を掃除させた。

父母叫小孩打掃房間。

過年快到了，全家總動員大掃除了。媽媽叫小孩打掃房間。

命令的人用「が或は」，動作實行的人用「に」表示。而他動詞的動作對象是「部屋」，用「を」表示。

若い人に荷物を持たせる。
讓年輕人拿行李。

姉はプレゼントをして、父を喜ばせました。
姊姊送禮，讓父親很高興。

私は会社を辞めさせていただきます。
請讓我辭職。

私がそばにいながら、子供にけがさせてしまった。
雖然我人在身旁，但還是讓孩子受傷了。

㉚ （さ）せられる

【動詞未然形】＋（さ）せられる。表示被迫。被某人或某事物強迫做某動作，且不得不做。含有不情願、感到受害的心情。這是從使役句的「ＸがＹにＮをＶ-(さ)せる」變成為「ＹがＸにＮをＶ-(さ)せられる」來的，表示Ｙ被Ｘ強迫做某動作。中文的意思是：「被迫…」、「不得已…」。

例 社長に、難しい仕事をさせられた。

社長讓我做困難的工作。

社長十分嚴格，特別是對我，每次都會找一些難題來考我。這次竟要我一天內，把公司倉庫裡10年來所有的檔案，按類別分好。我的天啊！

被強迫的「私」是主語，用助詞「が」，強迫人家的社長用「に」，被強迫的內容「難しい仕事」用「を」表示。

彼と食事すると、いつも僕がお金を払わせられる。
每次要跟他吃飯，都是我付錢。

花子はいやいや社長の息子と結婚させられた。
花子心不甘情不願地被安排和社長的兒子結婚。

若い二人は、両親に別れさせられた。
兩位年輕人被父母強迫分開。

公園でごみを拾わせられた。
被迫在公園撿垃圾。

㉛ 使役形＋もらう

【使役形】＋もらう。使役形跟表示請求的「もらえませんか、いただけませんか、いただけますか、ください」等搭配起來，表示請求允許的意思。中文的意思是：「請允許我…」、「請讓我…」等；如果使役形跟「もらう、くれる、いただく」等搭配，就表示由於對方的允許，讓自己得到恩惠的意思。

例 明日（あした）ちょっと早（はや）く帰（かえ）らせていただきたいのです。

明天晚上我要相親，得早點下班！

用「帰る」的使役形「帰らせる」，跟「いただきたい」搭配，表示請求允許「早點回去」這一動作。

詳（くわ）しい説明（せつめい）をさせていただけませんか。
可以容我做詳細的說明嗎？

ここ1週間（しゅうかん）くらい休（やす）ませてもらったお陰（かげ）で、体（からだ）がだいぶ良（よ）くなった。
多虧您讓我休息了這個星期，我的身體狀況好轉了許多。

父（ちち）は土地（とち）を売（う）って、大学院（だいがくいん）まで行（い）かせてくれた。
父親賣了土地，供我讀到了研究所。

農園（のうえん）のおじさんが、ミカンを食（た）べさせてくれた。
農園的伯伯請我吃了橘子。

㉜ しかない

【動詞連體形】＋しかない。表示只有這唯一可行的，沒有別的選擇，或沒有其它的可能性。相當於「…だけだ」。中文意思是：「只能…」、「只好…」、「只有…」。

例 病気になったので、しばらく休業するしかない。

因為生病，只好暫時歇業了。

> 「しかない」前接「しばらく休業する」這唯一可行的方法。表示沒有其他選擇了。

> 過勞而病倒了，只好住院治療，而店只好暫時歇業了。

嫌なら、やめるしかない。
如果不願意，只能辭職了。

国会議員になるには、選挙で勝つしかない。
要當國會議員，就只有打贏選戰了。

こうなったら、彼に頼るしかない。
既然這樣，只有拜託他了。

今回はなんとしても成功させるしかない。
這一次無論如何都非得成功不可。

㉝ 自動詞

「自動詞」沒有受詞，動詞本身就可以完整表示主語的某個動作。自動詞是某物因為自然的力量而發生，或施加了某動作後的狀態變化。重點在某物動作後的狀態變化。也表示某物的性質。

例 すみません、カードがたくさん入る財布がほしいのですが。
不好意思，我想要買個可以放很多張卡的錢包。

卡片越來越多，真希望一個錢包就能整個收進去。

自動詞「入る」表示「可以放很多張卡片」的這一狀態。

最近は水がよく売れているんですよ。
最近水的銷路很好喔！

このかばんは壊れやすいものを運ぶのには便利ですね。
這個包包很適合用來搬運易碎物品呢！

寒くて、エンジンがかかりにくいですね。
天氣太冷，車子的引擎不容易發動耶！

祖母の包丁はよく切れますね。
祖母的菜刀十分鋒利好切。

㉞ せいか

【用言連體形；體言の】＋せいか。表示原因或理由。表示發生壞事或不利的原因，但這一原因也說不清，不很明確；也可以表示積極的原因。相當於「…ためか」。中文意思是：「可能是（因為）…」、「或許是（由於）…的緣故吧」。

例 年のせいか、からだの調子が悪い。

也許是年紀大了，身體的情況不太好。

也許是上了年紀，最近總特別容易累，又是這裡酸，那裡痛的。

「せいか」前接導致不利結果的原因，但是不是這原因又不是很清楚。

物価が上がったせいか、生活が苦しいです。
也許是因為物價上漲，生活才會這麼困苦。

値段が手頃なせいか、この商品はよく売れます。
也許是因為價格合理，這個商品才賣得這麼好。

要点をまとめておいたせいか、上手に発表できた。
或許是因為有事先整理重點，所以發表得很好。

暑いせいか、頭がボーッとして集中できない。
可能是因為天氣太熱，我的腦中一片空白，無法集中注意力。

35 せいで、せいだ

【用言連體形；體言の】＋せいで、せいだ。表示原因或理由。表發生壞事或會導致某種不利的情況的原因，還有責任的所在。「せいで」是「せいだ」的中頓形式。相當於「…が原因だ、…ため」。中文意思是：「由於…」、「因為…的緣故」、「都怪…」等。

例 カロリーをとりすぎたせいで、太った。

因為攝取過多的卡路里，所以變胖了。

都怪自己貪吃，攝取了過多的卡路里（カロリーをとりすぎた）。

體重才會直線上升！「せいで」前面接原因。

あなたのせいで、ひどい目に遭いました。
都怪你，我才會這麼倒霉。

電車が遅れたせいで、会議に遅刻した。
都是因為電車誤點，才害我會議遲到。

遠くまで見えないのは、霧が多いせいですよ。
之所以無法看到遠方，是因為起了大霧喔！

何度やってもうまくいかないのは、企画自体がめちゃくちゃなせいだ。
不管試了多少次都不成功，全應歸咎於企劃案本身雜亂無章。

◆ 【體言】＋からすれば、からすると

→ 表示判斷的依據。意思是：「從…來看」、「從…來說」。

・ 親からすれば、子どもはみんな宝です。

　・ 對父母而言，小孩個個都是寶。

◆ 【用言終止形】＋からといって

→ （一）不能僅僅因為前面這一點理由，就做後面的動作。意思是：「（不能）僅因…就…」、「即使…，也不能…」；（二）引用別人陳述的理由。意思是：「說是（因為）…」。

・ 読書が好きだからといって、一日中読んでいたら体に悪いよ。

　・ 即使愛看書，但整天抱著書看對身體也不好呀！

◆ 【體言】＋からみると、からみれば、からみて（も）

→ 表示判斷的依據、角度。意思是：「從…來看」、「從…來說」、「根據…來看…」。

・ 雲のようすから見ると、日中は雨が降りそうです。

　・ 從雲朵的樣子來看，白天好像會下雨。

◆ 【動詞過去式】＋きり…ない

→ 前項的動作完成後，應該進展的事，就再也沒有下文了。意思是：「…之後，再也沒有…」。

・ 彼女とは一度会ったきり、その後、会ってない。

　・ 跟她見過一次面以後，就再也沒碰過面了。

◆ 【形容詞・形容動詞詞幹；動詞連用形；名詞】＋げ

→ 表示帶有某種樣子、傾向、心情及感覺。意思是：「…的感覺」、「好像…的樣子」。

・ かわいげのない女の人は嫌いです。

　・ 我討厭不討人喜歡的女人。

◆ 【疑問詞】＋【用言連體形】＋ことか

→ 表示該事物的程度如此之大，大到沒辦法特定。意思是：「…得多麼…啊」、「…啊」、「…呀」。

・ あなたが子どもの頃は、どんなにかわいかったことか。

　・ 你小時候多可愛啊！

◆ 【用言連體形】＋ことから

→ 表示判斷的理由。意思是：「從…來看」、「因為…」、「…因此…」。

・ 顔がそっくりなことから、双子であることを知った。

　・ 因為長得很像，所以知道是雙胞胎。

◆【動詞連體形】＋ことだ

→ 表示一種間接的忠告或命令。意思是：「就得…」、「要…」、「應當…」、「最好…」。

· 大会に出たければ、がんばって練習することだ。

　· 如果想出賽，就要努力練習。

◆【體言の】＋ことだから

→ 表示自己判斷的依據。意思是：「因為是…，所以…」。

· 主人のことだから、また釣りに行っているのだと思います。

　· 我想我老公一定又去釣魚吧！

◆【動詞連體形】＋ことなく

→ 表示從來沒有發生過某事。意思是：「不…」、「不…（就）…」、「不…地…」。

· 立ち止まることなく、未来に向かって歩いていこう。

　· 不要停下腳步，朝向未來邁進吧！

◆【用言連體形】＋ことに、ことには

→ 表示說話人在敘述某事之前的心情。意思是：「令人感到…的是…」。

· 嬉しいことに、仕事は着々と進められました。

　· 高興的是，工作進行得很順利。

◆【動詞未然形】＋ざるをえない

→ 表示除此之外，沒有其他的選擇。意思是：「不得不…」、「只好…」、「被迫…」。

· 上司の命令だから、やらざるを得ない。

　· 由於是上司的命令，也只好做了。

◆【動詞連用形】＋しだい

→ 表示某動作剛一做完，就立即採取下一步的行動。意思是：「馬上…」、「一…立即」、「…後立即…」。

· バリ島に着きしだい、電話します。

　· 一到巴里島，馬上打電話給你。

◆【體言】＋しだいだ、しだいで、しだいでは

→ 表示行為動作要實現，全憑「次第だ」前面的名詞的情況而定。意思是：「全憑…」、「要看…而定」、「決定於…」。

· 一流の音楽家になれるかどうかは、才能しだいだ。

　· 能否成為一流的音樂家，全憑才能了。

◆ 【體言】＋じょう、じょうは、じょうも

→ 表示「從這一觀點來看」的意思。意思是：「從…來看」、「出於…」、「鑑於…上」。

・経験上、練習を三日休むと体がついていかなくなる。

　　・ 就經驗來看，練習一停三天，身體就會生硬。

◆ 【動詞未然形】＋ずにはいられない

→ 表示自己的意志無法克制，情不自禁地做某事。意思是：「不得不…」、「不由得…」、「禁不住…」。

・すばらしい風景を見ると、写真を撮らずにはいられません。

　　・ 一看到美麗的風景，就禁不住想拍照。

◆ 【用言連體形；體言】＋だけあって

→ 表示名實相符，後項結果跟自己所期待或預料的一樣，因而心生欽佩。意思是：「不愧是…」、「到底是…」、「無怪乎」。

・このへんは、商業地域だけあって、とてもにぎやかだ。

　　・ 這附近不愧是商業區，相當熱鬧。

㊱ たい

【動詞連用形】＋たい。表示說話人（第一人稱）的內心願望。疑問句則是聽話人內心的願望。想要的事物用「が」表示。詞尾變化跟形容詞一樣。比較婉轉的表現是「たいと思う」。意思是：「想…」、「想要…」等。

例 冷たいビールが飲みたいなあ。

真希望喝杯冰涼的啤酒呀！

炎炎夏日，最想喝的就是冰涼的啤酒了！

用「たい」跟「飲む」的連用形「飲み」表示想喝這個動作。想要的事物是「が」前面的「冷たいビール」。

社会人になったら一人暮らしをしたいと思います。
我希望在進入社會工作以後，能夠自己一個人過生活。

生まれ変わったら、ビル・ゲイツになりたい。
希望我的下輩子會是比爾・蓋茲。

銀座へ行きたいのですが、どう行ったらいいですか。
我想要去銀座，請問該怎麼去那邊呢？

そんなに会いたければ会わせてやろう。
如果你真的那麼想見他，那就讓你們見面吧！

MP3-37

㊲ だけ

【體言】+だけ。表示只限於某範圍，除此以外沒有別的了。可譯作「只」、「僅僅」。

例 お弁当(べんとう)は一(ひと)つだけ買(か)います。

只要買一個便當。

今天家裡只有我一個人，午餐就買便當吃吧！
だけ
「だけ」帶有肯定前面「一つ」（一個）的意味。因為只有一個人，所以買一個就很夠了。

テレビは一時間(いちじかん)だけ見(み)ます。
只看一小時的電視。

小川(おがわ)さんはお酒(さけ)だけ飲(の)みます。
小川先生只喝酒。

漢字(かんじ)は少(すこ)しだけわかります。
漢字只懂得一點點。

お気持(きも)ちだけいただきます。
您的好意，我心領了。

㊳ だけしか

【體言】＋だけしか。限定用法。下面接否定表現，表示除此之外就沒別的了。比起單獨用「だけ」或「しか」，兩者合用更多了強調的意味。中文意思是：「只…」、「…而已」、「僅僅…」。

例 私はあなただけしか見えません。

我眼中只有你。

交往 4 年了，我還是只深愛著我的男朋友，別的男人都不放在眼裡。

想要強調「只有」的話，用「だけしか」就對了。別忘了後面要接否定句喔！

僕の手元には、お金はこれだけしかありません。
我手邊只有這些錢而已。

新聞では、彼一人だけしか名前を出していない。
報紙上只有刊出他一個人的名字。

この図書館は、平日は午前中だけしか開いていません。
這間圖書館平日只有上午開放。

㊴ だけ（で）

【用言連體形；體言】＋だけ（で）。表示沒有實際體驗，就可以感受到。「只要…就…」的意思。又表示除此之外，別無其它。「只是…」，「只有…」的意思。

例 彼女と温泉なんて、想像するだけでうれしくなる。
跟她去洗溫泉，光想就叫人高興了！

她答應跟我去箱根旅行了！那不就可以一起洗溫泉了。

「だけで」表示雖然還沒有跟她一起洗溫泉，但光憑想像就很高興了。

名前を登録するだけで、すぐにサービスを利用することができます。
僅需登錄姓名，即可立即利用該項服務。

一般の山道よりちょっと険しいだけで、大したことはないですよ。
只不過比一般的山路稍微險峻一些而已，沒什麼大不了的啦！

彼女は服装が派手なだけで、性格はおとなしいですよ。
她的穿著打扮雖然很誇張，但是個性非常溫良喔！

たった一度の失言だけで、首になってしまうんですね。
只不過區區一次發言失當，就慘遭革職了呀！

⓸ たとえ…ても

たとえ＋【動詞・形容詞連用形】＋ても；たとえ＋【體言；形容動詞連用形】＋でも。表示讓步關係，即使是在前項極端的條件下，後項結果仍然成立。相當於「もし…だとしても」。中文意思是：「即使…也…」、「無論…也…」。

例 たとえ明日雨が降っても、試合は行われます。

明天即使下雨，比賽還是照常舉行。

「たとえ」跟「ても」中間接極端的條件「明日雨が降る」。

表示即使「明天下雨」，還是要做後面的動作「試合は行なわれます」（進行比賽）。

たとえ費用が高くてもかまいません。
即使費用高也沒關係。

たとえ何を言われても、私は平気だ。
不管人家怎麼說我，我都不在乎。

たとえつらくても、途中で仕事を投げ出してはいけない。
工作即使再怎麼辛苦，也不可以中途放棄。

たとえでたらめでも、提出しさえすればOKです。
即便是通篇胡扯，只要能夠交出來就OK了。

㊶ （た）ところ

【動詞過去式】＋ところ。這是一種順接的用法，表示因某種目的去作某一動作，但在偶然的契機下得到後項的結果。前後出現的事情，沒有直接的因果關係，後項經常是出乎意料之外的客觀事實。相當於「…した結果」。中文意思是：「…，結果…」，或是不翻譯。

例 事件に関する記事を載せたところ、たいへんな反響がありました。

去刊登事件相關的報導，結果得到熱烈的回響。

沒想到卻得到「たいへんな反響がありました」（熱烈的回響）的後項結果。

「（た）ところ」前接為了報導事件而做的「事件に関する記事を載せた」（刊登事件的消息）這一動作。

A社にお願いしたところ、早速引き受けてくれた。
去拜託A公司，結果對方馬上就答應了。

新しい雑誌を発行したところ、とてもよく売れました。
發行新的雜誌，結果銷路很好。

車をバックさせたところ、塀にぶつかってしまった。
倒車時撞上了圍牆。

思い切って頼んでみたところ、OKが出ました。
鼓起勇氣提出請託後，得到了對方OK的允諾。

㊷（た）とたん、（た）とたんに

【動詞過去式】＋とたん、とたんに。表示前項動作和變化完成的一瞬間，發生了後項的動作和變化。由於說話人當場看到後項的動作和變化，因此伴有意外的語感。相當於「…したら、その瞬間に」。中文意思是：「剛…就…」、「剛一…，立刻…」、「剎那就…」等。

例 二人は、出会ったとたんに恋に落ちた。

両人一見鍾情。

「出会った」（一見面）這一動作接「たとたん」，表示瞬間就發生了後項的動作「恋に落ちた」（戀愛了）。

「たとたん」前後的動作之間的變化是瞬間的，也就是「一見鍾情」啦！

窓を開けたとたん、ハエが飛び込んできた。
剛一打開窗戶，蒼蠅就飛進來了。

歌手がステージに出たとたんに、みんな拍手を始めた。
歌手一上舞台，大家就拍起手來了。

疲れていたので、ベッドに入ったとたんに眠ってしまった。
因為很累，所以才上床就睡著了。

彼女は結婚したとたんに、態度が豹変した。
她一結了婚，態度就陡然驟變。

㊸ たび、たびに

【動詞連體形；體言の】＋たび、たびに。表示前項的動作、行為都伴隨後項。相當於「…するときはいつも」。中文意思是：「每次…」、「每當…就…」、「每逢…就…」等。

例 あいつは、会<ruby>会<rt>あ</rt></ruby>うたびに皮肉<ruby>皮肉<rt>ひにく</rt></ruby>を言<ruby>言<rt>い</rt></ruby>う。

> 每次跟那傢伙碰面，他就冷嘲熱諷的。

也就是，每次一有「たび」前面的動作「会う」（碰面），都會伴隨後面的動作「皮肉を言う」（冷嘲熱諷）。

每次跟那傢伙碰面，他都會對我冷嘲熱諷。用「たび」表示每一次都會發生一樣的事情。

<ruby>社長<rt>しゃちょう</rt></ruby>は、<ruby>新<rt>あたら</rt></ruby>しい<ruby>機械<rt>きかい</rt></ruby>を<ruby>発明<rt>はつめい</rt></ruby>するたびに、お<ruby>金<rt>かね</rt></ruby>をもうけています。
每次社長發明新機器，就賺很多錢。

<ruby>試合<rt>しあい</rt></ruby>のたびに、<ruby>彼女<rt>かのじょ</rt></ruby>がお<ruby>弁当<rt>べんとう</rt></ruby>を<ruby>作<rt>つく</rt></ruby>ってくれる。
每次比賽時，女朋友都會幫我做便當。

おばの<ruby>家<rt>いえ</rt></ruby>に<ruby>行<rt>い</rt></ruby>くたびに、ご<ruby>馳走<rt>ちそう</rt></ruby>してもらう。
每次去伯母家，伯母都請我吃飯。

<ruby>口<rt>くち</rt></ruby>を<ruby>開<rt>ひら</rt></ruby>くたび、<ruby>彼<rt>かれ</rt></ruby>は<ruby>余計<rt>よけい</rt></ruby>なことを<ruby>言<rt>い</rt></ruby>う。
他只要一開口，就會多說不該說的話。

㊹ たら

【動詞連用形】＋たら。前項是不可能實現，或是與事實、現況相反的事物，後面接上說話者的情感表現，有感嘆、惋惜的意思。中文意思是：「要是…」、「如果…」。

例 鳥のように空を飛べたら、楽しいだろうなあ。

如果能像鳥兒一樣在空中飛翔，一定很快樂啊！

唉，真想要翅膀，想去哪裡就可以飛去哪裡～也不怕塞車。

可惜人類就是沒有翅膀，「たら」表示事與願違。

お金があったら、家が買えるのに。
如果有錢的話，就能買房子的說。

若いころ、もっと勉強しておいたらよかった。
年輕時，要是能多唸點書就好了。

時間があったら、もっと日本語の勉強ができるのに。
要是我有時間，就能多讀點日語了。

㊺ だらけ

【體言】＋だらけ。表示數量過多，到處都是的樣子。常伴有「骯髒」、「不好」等貶意，是說話人給予負面的評價。相當於「…がいっぱい」。中文意思是：「全是…」、「滿是…」、「到處是…」等。

例 子どもは泥だらけになるまで遊んでいた。

孩子們玩到全身都是泥巴。

> 小孩最愛玩泥巴了！玩得滿身都是呢！

> 「だらけ」表示都是前面接的那個名詞「泥」（泥巴）。

桜が散って、このへんは花びらだらけです。
櫻花的花瓣掉落，這附近都是花瓣。

あの人は借金だらけだ。
那個人欠了一屁股債。

このレポートの字は間違いだらけだ。
這份報告錯字連篇。

虐めでもあったのか、彼はいつも怪我だらけになって帰ってきた。
不知道是否遭到了霸凌，他總是帶著一身傷回家。

㊻ たらどうでしょう

【動詞連用形】＋たらどうでしょう。用來委婉地提出建議、邀請，或是對他人進行勸說。中文意思是：「…如何？」、「…吧」。

例 そんなに嫌なら、別れたらどうでしょう。

如果這麼討厭的話，那就分手吧！

> 我的男朋友又矮又醜又沒錢，最糟糕的是沒有上進心…

> 不好意思要朋友直接甩掉男朋友，就用「たらどうでしょう」來委婉提出建議吧！

そのプランは田中さんに任せたらどうでしょう。
那個企劃就交由田中來辦，你覺得怎麼樣呢？

直すより、いっそ買ったらどうでしょう。
與其修理，不如乾脆買新的吧？

安いうちに、買っておいたらどうでしょう。
趁便宜的時候先買來放著，如何呢？

㊼ ついでに

【動詞連體形；體言の】＋ついでに。表示做某一主要的事情的同時，再追加順便做其他件事情。相當於「…の機会を利用して、…をする」。中文意思是：「順便…」、「順手…」、「就便…」。

例 知人を訪ねて京都に行ったついでに、観光をしました。

到京都拜訪朋友，順便觀光了一下。

到京都拜訪朋友，想順便去觀光了一下。

「ついでに」前接的是主要的事情「知人を訪ねて京都に行った」（到京都拜訪朋友），後接的是順便做的事情「観光をしました」（觀光）。

先生の見舞いのついでに、デパートで買い物をした。
到醫院去探望老師，順便到百貨公司買東西。

お茶のついでにお菓子もごちそうになった。
喝了茶還讓他招待了糕點。

窓を掃除したついでに車を洗った。
洗刷窗戶時，順便洗了車。

売店に行くなら、ついでにプログラムを買ってきてよ。
要到販售處的話，順便幫我買節目冊。

48 っけ

【動詞・形容詞過去式；體言だ（った）；形容動詞詞幹だ（った）】
＋っけ。用在想確認自己記不清，或已經忘掉的事物時。「っけ」是終
助詞，接在句尾。也可以用在一個人自言自語，自我確認的時候。當對
象為長輩或是身分地位比自己高時，不會使用這個句型。中文意思是：
「是不是…來著」、「是不是…呢」。

例 ところで、あなたは誰だっけ。

話說回來，請問你哪位來著？

打棒球的時候，突然來
了一人想加入。這個人
以前好像見過。

你是誰呢？我們碰
過面嗎？用「っ
け」表示自己記不
清的事物。

どこに勤めているんだっけ。
你是在哪裡上班來著？

このニュースは、彼女に知らせたっけ。
這個消息，有跟她講嗎？

約束は10時だったっけ。
是不是約好10點來著？

あの映画、そんなにおもしろかったっけ。
那部電影真的那麼有趣嗎？

㊾ って

【體言；用言終止形】＋って。表示引用自己聽到的話，相當於表示引用句的「と」，重點在引用。中文的意思是：「他說…」；另外也可以跟表示說明的「んだ」搭配成「んだって」表示從別人那裡聽說了某信息，中文的意思是：「聽說…」、「據說…」。

例 駅の近くにおいしいラーメン屋があるって。

聽說在車站附近有家美味的拉麵店。

我朋友又提供美食情報了！

用「って」表示引用聽到的話「車站附近有家美味的拉麵店」。重點在引用。

田中君、急に用事を思い出したから、少し時間に遅れるって。
田中說突然想起有急事待辦，所以會晚點到。

天気予報では、午後から涼しいって。
聽氣象預報說，下午以後天氣會轉涼。

食べるのは好きだけど飲むのは嫌いだって。
他說他很喜歡大快朵頤，卻很討厭喝杯小酒。

ビールを飲みながら、プロ野球を見るのが至福の時なんだって。
聽說他覺得邊喝啤酒，邊看棒球比賽，是人生一大樂事。

㊿ って（主題・名字）

【體言】＋って。前項為後項的名稱，或是接下來話題的主題內容，後面常接疑問、評價、解釋等表現。是較為隨便的口語表現，比較正式的講法是「とは、というのは」。中文意思是：「叫…的」、「是…」、「這個…」。

例 京都って、ほんとうにいいところですね。

京都真是個好地方呢！

京都有金閣寺等古蹟，又有漂亮的藝妓，還有可愛的奈良鹿，真希望能住在這個古都！

「って」用來提出一個話題，之後就可以針對這個話題發表意見或感想囉～

アリバイって、何のことですか。
「不在場證明」是什麼意思啊？

村上春樹っていう作家、知ってる？
你知道村上春樹這個作家嗎？

懐石料理って、食べたことある？
懷石料理你有吃過嗎？

51 っ放しで、っ放しだ、っ放しの

【動詞連用形】＋っ放しで、っ放しだ、っ放しの。「はなし」是「はなす」的名詞形。表示該做的事沒做，放任不管、置之不理。大多含有負面的評價。另外，表示相同的事情或狀態，一直持續著。前面不接否定形。使用「っ放しの」時，後面要接名詞。中文意思是：「…著」。

例 蛇口を閉めるのを忘れて、水が流れっぱなしだった。

忘記關水龍頭，就讓水一直流著。

地板怎麼是濕的！？糟了！原來是沒關水龍頭，水就這樣流了一整天。

這裡是說話者開了水龍頭後，就沒理會水龍頭還沒關這件事，就「水が流れっぱなし」（任水一直流）。

電気をつけっぱなしで家を出てしまった。
沒關燈就出門去了。

えらいさんたちに囲まれて、緊張しっぱなしの3時間でした。
身處於大人物們之中，度過了緊張不已的三個小時。

昨日から良い事が起こりっぱなしだ。
從昨天開始，就好事連連。

初めてのテレビ出演で、緊張しっぱなしでした。
第一次參加電視表演，緊張得不得了。

52 っぽい

【體言；動詞連用形】＋っぽい。接在名詞跟動詞連用形後面作形容詞，表示有這種感覺或有這種傾向。與語氣具肯定評價的「らしい」相比，「っぽい」較常帶有否定評價的意味。中文意思是：「看起來好像…」、「感覺像…」。

例 君は、浴衣を着ていると女っぽいね。

你一穿上浴衣，就很有女人味唷！

平常老是穿牛仔褲的女孩，今天穿起浴衣來了，給人感覺比較有女人味喔！

「っぽい」表示有這種感覺，「女っぽい」表示給人感覺像女的。

その本の内容は、子どもっぽすぎる。
這本書的內容太幼稚了。

あの人は忘れっぽくて困る。
那個人老忘東忘西的，真是傷腦筋。

彼女はいたずらっぽい目で私を見ていた。
她以淘氣的眼神看著我。

彼は短気で、怒りっぽい性格だ。
他的個性急躁又易怒。

(53) て以来(いらい)

【動詞連用形】＋て以来。表示自從過去發生某事以後，直到現在為止的整個階段。後項是一直持續的某動作或狀態。跟「…てから」相似，是書面語。中文意思是：「自從…以來，就一直…」、「…之後」等。

例 手術(しゅじゅつ)をして以来(いらい)、ずっと調子(ちょうし)がいい。

手術完後，身體狀況一直很好。

「以来」前接「手術をして」，表示自從動手術以後，一直到現在，這整個階段，一直持續「調子がいい」（身體狀況不錯）這一狀態。

彼女(かのじょ)は嫁(よめ)に来(き)て以来(いらい)、一度(いちど)も実家(じっか)に帰(かえ)っていない。
自從她嫁過來以後，就沒回過娘家。

わが社(しゃ)は、創立(そうりつ)して以来(いらい)、三年連続黒字(さんねんれんぞくくろじ)である。
自從本公司設立以來，連續三年賺錢。

オートメーション設備(せつび)を導入(どうにゅう)して以来(いらい)、製造速度(せいぞうそくど)が速(はや)くなった。
自從引進自動控制設備之後，生產的速度變快了。

一人暮(ひとりぐ)らしをはじめて以来(いらい)、初(はじ)めて金銭的(きんせんてき)な不安(ふあん)を覚(おぼ)えた。
自從我開始一個人過生活後，首度對收支平衡問題感到了不安。

54 てからでないと、てからでなければ

【動詞連用形】＋てからでないと、てからでなければ。表示如果不先做前項，就不能做後項。相當於「…した後でなければ」。中文意思是：「不…就不能…」、「不等…之後，不能…」、「…之前，不…」等。

例 準備体操（じゅんびたいそう）をしてからでないと、プールには入（はい）れません。

不先做暖身運動，就不能進游泳池。

> 如果不先做「てからでないと」之前的動作「準備体操をする」（暖身運動），就不做後面的動作「プールにはいる」（進游泳池）。

全員集（ぜんいんあつ）まってからでないと、話（はなし）ができません。
不等全部到齊，是沒辦法說事情的。

ファイルを保存（ほぞん）してからでないと、パソコンのスイッチを切（き）ってはだめです。
不先儲存資料，是不能關電腦。

病気（びょうき）が完全（かんぜん）に治（なお）ってからでなければ、退院（たいいん）しません。
疾病沒有痊癒之前，就不能出院的。

よく調（しら）べてからでなければ、原因（げんいん）がわからない。
不確實查明實況，是沒辦法知道原因的。

55 てくれと

【動詞連用形】＋てくれと。後面常接「言う」、「頼む」等動詞，表示引用某人下的強烈命令，或是要別人替自己做事的內容。這個某人的地位比聽話者還高，或是輩分相等，才能用語氣這麼不客氣的命令形。中文意思是：「給我…」。

例 友達にお金を貸してくれと頼まれた。

朋友拜託我借他錢。

這傢伙臉皮真厚，上次借的錢明明就還沒有還，這次又來向我借錢了！真是誤交損友！

「てくれ」是語氣很不客氣的命令形，只能用在上對下或是比較親密的人身上。

社長に、タクシーを呼んでくれと言われました。
社長要我幫他叫台計程車。

課長に、具合が悪かったら休んでくれと言われました。
課長對我說：「身體不舒服的話就給我去休息」。

そのことは父には言わないでくれと彼に頼んだ。
我拜託他那件事不要告訴我父親。

56 てごらん

【動詞連用形】＋てごらん。是「てみなさい」較為客氣的說法，但還是不適合對長輩使用。用來請對方試著做某件事情。中文意思是：「…吧」、「試著…」。

例 目をつぶって、森の音を聞いてごらん。

閉上眼睛，聽聽森林的聲音吧！

森林的空氣真新鮮！咦？剛剛那個是五色鳥的叫聲嗎？你聽到了嗎？

如果請別人做某個動作的話，可以用「てごらん」。

じゃ、見ててあげるから、一人でやってごらん。
那我在一旁看你做，你一個人做做看吧！

見てごらん、虹が出ているよ。
你看，彩虹出來囉！

じゃあ、走ってごらん、休まないで最後まで走るんだぞ。
那你就跑跑看吧，不要停下來，要一直跑到最後喔！

MP3-57

(57) て（で）たまらない

【形容詞・動詞連用形】＋てたまらない；【形容動詞詞幹】＋でたまらない。前接表示感覺、感情的詞，表示說話人強烈的感情、感覺、慾望等。也就是說話人心情或身體，處於難以抑制，不能忍受的狀態。相當於「…て仕方がない、…非常に」。中文意思是：「非常…」、「…得受不了」、「…得不行」、「十分…」等。

例 勉強(べんきょう)が辛(つら)くてたまらない。

書唸得痛苦不堪。

我們常說的「辛苦死了」，這個表示強烈的感情的「…死了」，就用「てたまらない」這個句型。
凡是說話人不能忍受的強烈感情及慾望等的「痛死了、愛死了、想死了」都可以用呢！

婚約(こんやく)したので、嬉(うれ)しくてたまらない。
訂了婚，所以高興得不得了。

名作(めいさく)だと言(い)うから読(よ)んでみたら、退屈(たいくつ)でたまらなかった。
說是名作，看了之後，覺得無聊透頂了。

最新(さいしん)のコンピューターが欲(ほ)しくてたまらない。
想要新型的電腦，想要得不得了。

お酒(さけ)を飲(の)むなと言(い)われても飲(の)みたくてたまらない。
只要一被阻止不准喝酒，肚裡的酒蟲就會往上直鑽。

58 て（で）ならない

【形容詞・動詞連用形】＋てならない；【體言；形容動詞詞幹】＋でならない。表示因某種感情、感受十分強烈，達到沒辦法控制的程度。跟「…てしょうがない」、「…てたまらない」意思相同。中文意思是：「…得厲害」、「…得受不了」、「非常…」。

例 彼女のことが気になってならない。

十分在意她。

看到她我心跳就會特別加快。「てならない」也是表示連自己都沒辦法控制的，情不自禁地產生某種感情或感覺。

注意！前面只能接表示感情、感覺及慾望的詞喔！

うちの妻は、毛皮がほしくてならないそうだ。
我家老婆，好像很想要件皮草。

甥の将来が心配でならない。
非常擔心外甥的將來。

故郷の家族のことが思い出されてならない。
想念故鄉的家人，想得受不了。

だまされて、お金をとられたので、悔しくてならない。
因為被詐騙而被騙走了錢，真讓我悔恨不已。

🎯59 て（で）ほしい、て（で）もらいたい

【動詞連用形】＋てほしい。表示對他人的某種要求或希望。意思是：「希望…」、「想要…」等。否定的說法有：「ないでほしい」跟「てほしくない」兩種；【動詞連用形】＋てもらいたい。表示想請他人為自己做某事，或從他人那裡得到好處。意思是：「想請你…」等。

例 袖の長さを直してほしいです。

我希望你能幫我修改袖子的長度。

袖子太長了，幫我改一下吧！

「用「てほしい」表示希望他人幫自己，做「修改袖子長度」這件事。

思いやりのある子に育ってほしいと思います。
我希望能將他培育成善解人意的孩子。

学園祭があるので、たくさんの人に来てほしいですね。
由於即將舉行校慶，真希望會有很多人來參觀呀！

私のことを嫌いにならないでほしい。
希望你不要討厭我。

インタビューするついでに、サインももらいたいです。
在採訪時，也希望您順便幫我簽個名。

MP3-60

(60) てみせる

【動詞連用形】＋てみせる。（1）表示為了讓別人能瞭解，做出實際的動作給別人看。意思是：「做給…看」等；（2）表示說話人強烈的意志跟決心，含有顯示自己的力量、能力的語氣。意思是：「一定要…」等。

例 子供（こども）に挨拶（あいさつ）の仕方（しかた）を、まず親（おや）がやって見（み）せたほうがいい。

關於孩子向人問候的方式，最好先由父母親自示範給他們看。

小孩有樣看樣，沒樣就自己想。凡事要以身作則。
為了讓小孩瞭解「請安問候的方式」，要「てみせる」前面的「父母親自示範」來做出實際的動作。

できるなら、やって見（み）せろ。
如果可以的話，你做給我看。

警察（けいさつ）なんかに捕（つか）まるものか。必（かなら）ず逃（に）げ切（き）ってみせる。
我才不會被那些警察抓到呢！我一定會順利脫逃的，你們等著瞧吧！

あんな奴（やつ）に負（ま）けるものか。必（かなら）ず勝（か）ってみせる。
我怎麼可能會輸給那種傢伙呢！我一定贏給你看！

今度（こんど）こそ合格（ごうかく）してみせる。
我這次絕對會通過測驗讓你看看的！

⑥ [命令形] と

前面接動詞命令形、「な」、「てくれ」等，表示引用命令的內容，下面通常會接「怒る」、「叱る」、「言う」等和意思表達相關的動詞。中文意思是：引用用法。

例 「窓口はもっと美人にしろ」と要求された。

有人要求「櫃檯的小姐要挑更漂亮的」。

怎麼會有這麼奇怪的客訴啊？居然要求換個正妹坐櫃檯！把我們公司當什麼了！

「しろ」是「する」的命令形，後面接「と」表示命令的內容。

彼から飲み会には絶対行くなといわれた。
他叫我千萬不要去聚餐喝酒。

お母さんに「ご飯の時にジュースを飲むな！」と怒られた。
媽媽兇了我一頓：「吃飯的時候不要喝果汁」。

「男ならもっとしっかりしろ」と叱られた。
我被罵說「是男人的話就振作點」。

㉖ といい（のに）なあ、たらいい（のに）なあ

前項是難以實現或是與事實相反的情況，表現說話者遺憾、不滿、感嘆的心情。【體言・形容動詞詞幹】＋だといい（のに）なあ；【體言・形容動詞詞幹】＋だったらいい（のに）なあ；【動詞・形容詞普通形現在形】＋といい（のに）なあ；【動詞連用形】＋たらいい（のに）なあ；【形容詞詞幹】＋かったらいい（のに）なあ；【體言・形容動詞詞幹】＋だったらいい（のに）なあ。中文意思是：「…就好了」。

例 もう少し給料が上がったらいいのになあ。

薪水若能再多一點就好了！

什麼都漲，就是薪水不漲。唉，又要縮衣節食了，真是窮忙族！

No Money!

加薪實在是可遇不可求，只能用「といい（のに）なあ」或是「たらいい（のに）なあ」來做白日夢。

赤ちゃんが女の子だといいなあ。
小孩如果是女生就好了！

お庭がもっと広いといいなあ。
庭院若能再大一點就好了！

日曜日、晴れたらいいなあ。
星期天若能放晴就好了！

MP3-63

(63) ということだ

【簡體句】＋ということだ。表示傳聞，從某特定的人或外界獲取的傳聞。比起「…そうだ」來，有很強的直接引用某特定人物的話之語感。中文意思是：「聽說…」、「據說…」。又有明確地表示自己的意見、想法之意。也就是對前面的內容加以解釋，或根據前項得到的某種結論。中文意思是：「…也就是說…」、「這就是…」。

例 課長は、日帰りで出張に行ってきたということだ。

聽說課長出差，當天就回來。

今天怎麼沒有看到課長呢？原來說是出差去了，而且是當天就回來了。
「ということだ」表示一種傳聞，可能是從同事、電視或親友那裡得到的訊息。記得這時候，不可以省略「という」的。

彼はもともと、学校の先生だったということだ。
據說他本來是學校的老師。

子どもたちは、図鑑を見て動物について調べたということです。
聽說孩子們看著圖鑑，查閱了動物相關的資料。

ご意見がないということは、皆さん、賛成ということですね。
沒有意見的話，就表示大家都贊成了吧！

芸能人に夢中になるなんて、君もまだまだ若いということだ。
你竟然還會迷藝人，實在太年輕了呀！

MP3-64

(64) というのは

【體言】＋というのは。也可以用「とは」來代替。前面接名詞，後面就針對這個名詞來進行解釋、說明。也可以說成「っていうのは」。中文意思是：「所謂的…」、「…指的是」。

例 「うり二つ」というのは、二つのものがよく似ていることのたとえです。

所謂的「如瓜剖半」，是兩個事物十分相像的譬喻用法。

我是太郎，他是次郎，我們是雙胞胎，有時連爸媽都分不清誰是誰呢！
要說明人事物的時候，用「というのは」帶出主題，就可以進行講解囉！

食べ放題というのは、食べたいだけ食べてもいいということです。
所謂的吃到飽，意思就是想吃多少就可以吃多少。

師走というのは、年末で学校の先生も忙しくて走りまわる月だという意味です。
師走指的是年尾時連學校老師也忙碌地四處奔走的月份。

入管というのは、入国管理局の略である。
所謂的入管是入國管理局的簡稱。

⑥⑤ というより

【體言；用言終止形】＋というより。表示在相比較的情況下，後項的說法比前項更恰當。後項是對前項的修正、補充或否定。相當於「…ではなく」。中文意思是：「與其說…，還不如說…」。

例 彼女は女優というより、モデルという感じですね。

與其說她是女演員，倒不如說她是模特兒。

這女孩臉蛋很吸引人，身材更是一極棒，看起來像個模特兒。

「というより」表示就某事的表達方式做一個比較，與其說她是前面的「女優」（女演員），倒不如說是後面的「モデル」（模特兒）更妥當。

彼は、経済観念があるというより、けちなんだと思います。
與其說他有經濟觀念，倒不如說是小氣。

面倒を見るというより、管理されているような気がします。
與其說是被照顧，倒不如說是被監督。

面倒くさいというより、ただやる気がないだけです。
與其說嫌麻煩，不如說只是提不起勁罷了。

彼はさわやかというより、ただのスポーツ馬鹿です。
與其說他讓人感覺爽朗，說穿了也只是個運動狂而已。

⑥⑥ といっても

【用言終止形；體言】＋といっても。表示承認前項的說法，但同時在後項做部分的修正，或限制的內容，說明實際上程度沒有那麼嚴重。後項多是說話者的判斷。中文意思是：「雖說…，但…」、「雖說…，也並不是很…」等。

例 貯金があるといっても、10万円ほどですよ。

雖說有存款，但也只有10萬日圓而已。

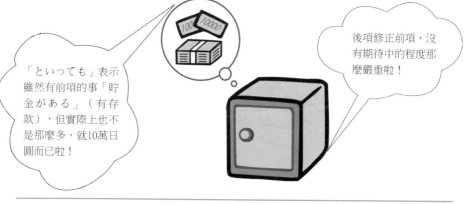

「といっても」表示雖然有前項的事「貯金がある」（有存款），但實際上也不是那麼多，就10萬日圓而已啦！

後項修正前項，沒有期待中的程度那麼嚴重啦！

距離は遠いといっても、車で行けばすぐです。
雖說距離遠，但開車馬上就到了。

我慢するといっても、限度があります。
雖說要忍耐，但忍耐還是有限度的。

ベストセラーといっても、果たしておもしろいかどうかわかりませんよ。
雖說是本暢銷書，但不知道是否真的好看。

簡単といっても、さすがに3歳の子には無理ですね。
就算很容易，畢竟才三歲的小孩實在做不來呀！

⑥⑦ とおり、とおりに

【動詞終止形；動詞過去式；體言の】＋とおり、とおりに。表示按照前項的方式或要求，進行後項的行為、動作。中文意思是：「按照…」、「按照…那樣」。

例 医師の言うとおりに、薬を飲んでください。
請按照醫生的指示吃藥。

要怎麼吃藥呢？

用「とおり」表示按照前項的要求「医師の言う」（醫生指示），來做後面的動作「薬を飲む」（吃藥）。

言われたとおりに、規律を守ってください。
請按照所說的那樣，遵守紀律。

先生に習ったとおりに、送り仮名をつけた。
按照老師所教，寫送假名。

私の言ったとおりにすれば、大丈夫です。
照我的話做，就沒問題了。

生年月日のとおりに、資料を整理していただけませんか。
可以麻煩你把資料依照出生年月日的順序整理嗎？

⑥⑧ どおり、どおりに

【體言】+どおり、どおりに。「どおり」是接尾詞。表示按照前項的方式或要求，進行後項的行為動作。中文意思是：「按照」、「正如…那樣」、「像…那樣」等。

例 荷物を、指示どおりに運搬した。
行李依照指示搬運。

用「どおり」表示按照前項的要求「指示」（指示），來做後面的動作「運搬する」（搬運）。

這些文件是很重要的喔！

話は予測どおり展開した。
事情就有如預料般地進展了下去。

仕事が、期日どおりに終わらなくても、やむを得ない。
工作無法如期完成，這也是沒辦法的事。

兄は希望どおりに、東大に合格した。
哥哥如願地考上了東京大學。

業績の方はほぼ計画どおりに進んでいる。
業績方面差不多都依照預期成長。

69 とか

【句子】＋とか。是「…とかいっていた」的省略形式，用在句尾，表示不確切的傳聞。比表示傳聞的「…そうだ」、「…ということだ」更加不確定，或是迴避明確說出。接在名詞或引用句後。相當於「…と聞いているが」。中文意思是：「好像…」、「聽說…」。

例 **当時はまだ新幹線がなかったとか。**
とう じ　　　　　　　　しんかんせん

聽說當時還沒有新幹線。

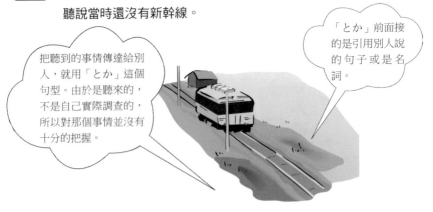

「とか」前面接的是引用別人說的句子或是名詞。

把聽到的事情傳達給別人，就用「とか」這個句型。由於是聽來的，不是自己實際調查的，所以對那個事情並沒有十分的把握。

胃カメラ検査って結構痛いとか聞いたことあるよ。
い　　　　　けん さ　　　けっこういた　　　　　　　き

我曾聽說過，胃鏡檢查相當疼痛唷！

申し込みは5時で締め切られるとか。
もう こ　　　　　じ　　 し　 き

聽說申請到五點截止。

彼らは、みんな仲良しだとか。
かれ　　　　　　　なか よ

聽說他們感情很好。

昨日はこの冬一番の寒さだったとか。
き のう　　　　　ふゆいちばん　さむ

聽說昨天是今年冬天最冷的一天。

⑩ ところだった

【動詞連體形】＋ところだった。（1）表示差一點就造成某種後果，或達到某種程度。含有慶幸沒有造成那一後果的語氣。是對已發生的事情的回憶或回想。意思是：「（差一點兒）就要…了」、「險些…了」等。（2）表示差一點就可以達到某程度，可是沒能達到，而感到懊悔。意思是：「差一點就…可是…」等。

例 もう少しで車にはねられるところだった。

差點就被車子撞到了。

用「ところだった」表示差一點就造成「被車子撞到了」這一後果，但還好沒事。

我的天啊！心肝寶貝！

危ない！危ない！乗り遅れるところだった。
好險！好險！差點就趕不上這班車了。

彼女は危うく連れて行かれるところだった。
她差點就被人擄走了。

もう少しで二人きりになれるところだったのに、それを彼女が台無しにしたのよ。
原本就快要剩下我們兩人獨處了，結果卻被她壞了好事啦！

もう少しで優勝するところだったのに、最後の最後に1点差で負けてしまった。
本來就快要獲勝了呀，就在最後的緊要關頭以一分飲恨敗北。

MP3-71

(71) ところに

【體言の；動詞・形容詞連體形】＋ところに。表示行為主體正在做某事的時候，發生了其他的事情。大多用在妨礙行為主體的進展的情況，有時也用在情況往好的方向變化的時候。相當於「ちょうど…しているときに」。中文意思是：「…的時候」、「正在…時」。

例 出かけようとしたところに、電話が鳴った。

正要出門時，電話鈴就響了。

常有的情形吧！
「ところに」表示女孩正要「出かけようとした」（準備出門）的時候，發生了「電話が鳴った」的事情。這妨礙了女孩正準備要出門的動作。

落ち込んでいるところに、また悪い知らせが届きました。
當他正陷入沮喪時，竟然又接到了不幸的消息。

口紅を塗っているところに、子どもが飛びついてきて、はみ出してしまった。
正在畫口紅時，小孩突然跑過來，口紅就畫歪了。

困っているところに、先生がいらして、無事解決できました。
正在煩惱的時候，老師一來事情就解決了。

ただでさえ忙しいところに、急な用事を頼まれてしまった。
已經忙得團團轉了，竟然還有急事插進來。

(72) ところへ

【體言の；動詞・形容詞連體形】＋ところへ。表示行為主體正在做某事的時候，偶然發生了另一件事，並對行為主體產生某種影響。下文多是移動動詞。相當於「ちょうど…しているときに」。中文意思是：「…的時候」、「正當…時，突然…」、「正要…時，（…出現了）」等。

例 植木(うえき)の世話(せわ)をしているところへ、友(とも)だちが遊(あそ)びに来(き)ました。

正要修剪盆栽時，朋友就來了。

有時候弄弄花草，也是挺棒的喔！
「ところへ」表示，女孩在「植木の世話をしている」（修剪花草）的時候，偶然發生了「友だちが遊びに来ました」（朋友來了）這件事。這影響了女孩修剪花草的動作。

洗濯物(せんたくもの)を乾(かわ)かしているところへ、犬(いぬ)が飛(と)び込(こ)んできた。
正在曬衣服時，小狗突然闖了進來。

売(う)り上(あ)げの計算(けいさん)をしているところへ、社長(しゃちょう)がのぞきに来(き)た。
正在計算營業額時，社長就跑來看了一下。

これから寝(ね)ようとしたところへ、電話(でんわ)がかかってきた。
正要上床睡覺，突然有人打電話來。

食事(しょくじ)を支度(したく)しているところへ、薫姉(かおるねえ)さんが来(き)た。
當我正在做飯時，薰姊姊恰巧來了。

73 ところを

【體言の；動詞・形容詞連體形】＋ところを。表示正當Ａ的時候，發生了Ｂ的狀況。後項的Ｂ所發生的事，是對前項Ａ的狀況有直接的影響或作用的行為。相當於「ちょうど…しているときに」。中文意思是：「正…時」、「之時」、「正當…時…」。

例 タバコを吸っているところを母に見つかった。

抽煙時，被母親撞見了。

抽煙被抓到啦！

「ところを」伴隨著前後的動詞，表示正當在「タバコを吸っている」（抽煙）的時候，發生了「母に見つかった」（被母親抓到）的狀況。後面的動作直接影響前面的行為，也就是被媽媽抓到，而沒辦法繼續抽煙這個動作。

警察官は泥棒が家を出たところを捕まえた。
小偷正要逃出門時，被警察逮個正著。

係りの人が忙しいところを呼び止めて質問した。
職員正在忙的時候，我叫住他問問題。

彼とデートしているところを友だちに見られた。
跟男朋友約會的時候，被朋友看見了。

お取り込み中のところを、失礼いたします。
不好意思，在您百忙之中前來打擾。

74 として、としては

【體言】＋として、としては。「として」接在名詞後面，表示身份、地位、資格、立場、種類、名目、作用等。有格助詞作用。中文意思是：「以…身份」、「作為…」等，或不翻譯。又表示「如果是…的話」、「對…來說」之意。

例 評論家として、一言意見を述べたいと思います。

我想以評論家的身份，說一下我的意見。

現在有名的評論家越來越多了，我們叫名嘴。

「として」表示，以身為一個「評論家」，進行後面的動作。

責任者として、状況を説明してください。
請以負責人的身份，說明一下狀況。

本の著者として、内容について話してください。
請以本書作者的身份，談一下本書的內容。

私としては、その提案を早めに実現させたいですね。
就我而言，我是希望快實現那個提案。

趣味として、書道を続けています。
作為興趣，我持續地寫書法。

⑦⑤ としても

【用言終止形；體言だ】＋としても。表示假設前項是事實或成立，後項也不會起有效的作用，或者後項的結果，與前項的預期相反。相當於「その場合でも」。中文意思是：「即使…，也…」、「就算…，也…」等。

例 みんなで力を合わせたとしても、彼に勝つことはできない。

就算大家聯手，也沒辦法贏他。

> 團結應該是力量大的啊！但是…

> 「としても」表示，即使在前項「みんなで力を合わせた」（大家團結一起）的情況下，後項也沒有效果「彼に勝つことはできない」（沒辦法贏他）。

これが本物の宝石だとしても、私は買いません。
即使這是真的寶石，我也不會買的。

体が丈夫だとしても、インフルエンザには注意しなければならない。
就算身體硬朗，也應該要提防流行性感冒。

その子がどんなに賢いとしても、この問題は解けないだろう。
即使那孩子再怎麼聰明，也沒有辦法解開這個問題吧！

旅行するとしても、来月以降です。
就算要旅行，也要等到下個月以後了。

(76) とすれば、としたら、とする

【用言終止形；體言だ】＋とすれば、としたら、とする。表示順接的假定條件。在認清現況或得來的信息的前提條件下，據此條件進行判斷。後項是說話人判斷的表達方式。相當於「…と仮定したら」。中文意思是：「如果…」、「如果…的話」、「假如…的話」等。

例 資格（しかく）を取（と）るとしたら、看護師（かんごし）の免許（めんきょ）をとりたい。

要拿執照的話，我想拿看護執照。

以後資格考試越來越重要了。
雖然不知道能否實現，但如果能實現的話，就想做後面的動作「看護師の免許をとりたい」（想拿看護執照）。

この制度（せいど）を実施（じっし）するとすれば、まずすべての人（ひと）に知（し）らせなければならない。
這個制度如果要實施，首先一定要先通知大家。

この中（なか）から一（ひと）つ選択（せんたく）するとすれば、私（わたし）は赤（あか）いのを選（えら）びます。
假如要從這當中挑選一個的話，我選紅色的。

電車（でんしゃ）だとしたら、１時間（じかん）はかかる。
如果搭電車的話，要花一小時。

３億円（おくえん）があたとする。あなたはどうする。
假如你有３億日圓，你會怎麼花？

MP3-77

(77) とともに

【體言；動詞終止形】＋とともに。表示後項的動作或變化，跟著前項同時進行或發生。相當於「…といっしょに」、「…と同時に」。中文意思是：「和…一起」、「與…同時，也…」。

例 仕事(しごと)をしてお金(かね)を得(え)るとともに、たくさんのことを学(まな)ぶことができる。

工作得到報酬的同時，也學到很多事情。

工作中可以學到許多工作的訣竅，跟做人處事的道理喔！
「とともに」前面接動作、變化的名詞和動詞，表示發生了前項的動作「仕事をしてお金を得る」（工作中賺到錢），後項的「沢山のことを学ぶことができる」（學到很多事情）也能跟著獲得。

社会科学(しゃかいかがく)とともに、自然科学(しぜんかがく)も学(まな)ぶことができる。
學習社會科學的同時，也能學自然科學。

テレビの普及(ふきゅう)とともに、映画(えいが)は衰退(すいたい)した。
電視普及的同時，電影衰退了。

勝利(しょうり)をファンの皆様(みなさま)とともに祝(いわ)いたいと思(おも)います。
我想跟所有粉絲，一起慶祝這次勝利。

ホテルの予約(よやく)をするとともに、駅(えき)までの迎(むか)えの車(くるま)を頼(たの)んでおいた。
在預約旅館的同時，也順便請館方安排車輛接送到車站。

(78) ないこともない、ないことはない

【用言未然形】＋ないこともない、ないことはない。使用雙重否定，表示雖然不是全面肯定，但也有那樣的可能性，是一種有所保留的消極肯定說法。相當於「…することはする」。中文意思是：「並不是不…」、「不是不…」等。

例 彼女（かのじょ）は病気（びょうき）がちだが、出（で）かけられないこともない。

她雖然多病，但並不是不能出門的。

女孩體弱多病耶！
「ないこともない」是雙重否定，負負得正，表示雖然她體弱多病，但也有讓她「出かける」（出門）的可能性。這不是全面的答應，是一種消極肯定的說法。

理由（りゆう）があるなら、外出（がいしゅつ）を許可（きょか）しないこともない。
如果有理由，並不是不允許外出的。

条件次第（じょうけんしだい）では、契約（けいやく）しないこともないですよ。
視條件而定，也不是不能簽約的喔！

すしは食（た）べないこともないが、あまり好（す）きじゃないんだ。
我並不是不吃壽司，只是不怎麼喜歡。

⑦⑨ ないと、なくちゃ

【動詞未然形】＋ないと、なくちゃ。表示受限於某個條件、規定，必須要做某件事情，如果不做，會有不好的結果發生。「なくちゃ」是口語說法，語氣較為隨便。中文意思是：「不…不行」。

例 お母さんにしかられるから、明日のテスト頑張らなくちゃ。

考不好會被媽媽罵，所以明天的考試不加油不行。

我家老媽兇起來像惡鬼一樣，如果不及格一定會被她唸個三天三夜！

「なくちゃ」表示不努力的話會有糟糕的結局。

雪が降ってるから、早く帰らないと。
下雪了，不早點回家不行。

アイスが溶けちゃうから、早く食べないと。
冰要溶化了，不趕快吃不行。

明日朝5時出発だから、もう寝なくちゃ。
明天早上 5 點要出發，所以不趕快睡不行。

⑧⓪ ないわけにはいかない

【動詞未然形】＋ないわけにはいかない。表示根據社會的理念、情理、一般常識或自己過去的經驗，不能不做某事，有做某事的義務。中文的意思是：「不能不…」、「必須…」等。

例 明日、試験があるので、今夜は勉強しないわけにはいかない。

由於明天要考試，今晚不得不用功念書。

「ないわけにはいかない」
表示根據客觀的情況「明天有考試」，而今晚必須進行「用功念書」這一事情。

明天要考試啦！
臨陣磨槍，不亮也光！

どんなに嫌でも、税金を納めないわけにはいかない。
任憑百般不願，也非得繳納稅金不可。

弟の結婚式だから、出席しないわけにはいかない。
畢竟是弟弟的婚禮，總不能不出席。

そんな話を聞いたからには、行かないわけにはいかないだろう。
聽到了那種情況以後，說什麼也得去吧！

いくら忙しくても、子供の面倒を見ないわけにはいかない。
無論有多麼忙碌，總不能不照顧孩子。

MP3-81

(81) など

【動詞・形容詞；名詞（＋格助詞）】＋など。表示加強否定的語氣。通過「など」對提示的事物，表示不值得一提、無聊、不屑等輕視的心情。中文意思是：「怎麼會…」、「才（不）…」等。

例 そんな馬鹿(ばか)なことなど、信(しん)じるもんか。

我才不相信那麼扯的事呢！

在加強否定的同時，透過「など」，對提示的東西「そんな馬鹿のこと」（那種蠢話），表示不可信人、輕視、不值一提的心情。後面多與「ものか」呼應，口語是「もんか」。

あんなやつを助(たす)けてなどやるもんか。
我才不去幫那種傢伙呢！

私(わたし)の気持(きも)ちが、君(きみ)などにわかるもんか。
你哪能了解我的感受！

この仕事(しごと)はお前(まえ)などには任(まか)せられない。
這份工作哪能交代給你！

面白(おもしろ)くなどないですが、課題(かだい)だから読(よ)んでいるだけです。
我不覺得有趣，只是因為那是功課，所以不得不讀而已！

MP3-82

(82) などと（なんて）言う、などと（なんて）思う

【體言；用言終止形】＋などと（なんて）言う、などと（なんて）思う。（1）表示前面的事，好得讓人感到驚訝，含有讚嘆的語氣。意思是：「多麼…呀」等；（2）表示輕視、鄙視的語氣。意思是：「…之類的…」等。

例 こんな日が来るなんて、夢にも思わなかった。

真的連做夢都沒有想到過，竟然會有這一天的到來。

天啊！我竟然成為皇室的王妃。
「なんて」表示用讚嘆的語氣把「竟然有這一天」作為主題，提出來。
HAPPY.

いやだなんて言わないで、やってください。
請別說不願意，你就做吧！

あの人は「授業を受けるだけで資格が取れる」などと言って、強引に勧誘した。
那個人說了「只要上課就能取得資格」之類的話，以強硬的手法拉人招生。

「時効まで逃げ切ってやる」なんて、その考えは甘いと思う。
竟然說什麼「絕對可以順利脫逃直到超過追溯期限」，我認為那種想法太異想天開了。

まさか自分の家を親に買ってもらうなんて思ってるんじゃないでしょうね。
你該不會在盤算著想請爸媽幫你買個住家吧？

⑧③ なんか、なんて

【體言】＋なんか。（1）表示從各種事物中例舉其一。是比「など」還隨便的說法。中文意思是：「…等等」、「…那一類的」、「…什麼的」等。（2）如果後接否定句，表示對所提到的事物，帶有輕視的態度。中文意思是：「連…都…（不）…」等；【體言（だ）；用言終止形】＋なんて。（1）前接名詞，表示用輕視的語氣，談論主題。口語用法。中文的意思是：「…之類的」。（2）表示前面的事是出乎意料的，後面多接驚訝或是輕視的評價。口語用法。中文的意思是：「真是太…」。

例 庭に、芝生なんかあるといいですね。

如果庭院有個草坪之類的東西就好了。

> 「なんか」在這裡表示，從適合放在庭院的花啦！池塘啦！草坪！等各種事物中舉出一個「芝生」（草坪）。

> 屋前有庭院真好！如果再鋪上草坪就更完美了！

食品なんかは近くの店で買うことができます。
食品之類的，附近的商店可以買得到。

時間がないから、旅行なんかめったにできない。
沒什麼時間，連旅遊也很少去。

マンガなんてくだらない。
漫畫這種東西，真是無聊。

いい年して、嫌いだからって無視するなんて、子供みたいですね。
都已經是這麼大歲數的人了，只因為不喜歡就當做視而不見，實在太孩子氣了耶！

◆ 【用言連體形；體言】＋だけに

→ 表示原因。表示正因為前項，理所當然地才有比一般程度更甚的後項的狀況。意思是：「到底是…」、「正因為…，所以更加…」、「由於…，所以特別…」。

・ 役者としての経験が長いだけに、演技がとてもうまい。

　　・ 正因為有長期的演員經驗，所以演技真棒！

◆ 【用言連體形；體言】＋だけのこと（は、が）ある

→ 與其做的努力、所處的地位、所經歷的事情等名實相符。意思是：「不愧…」、「難怪…」。

・ あの子は、習字を習っているだけのことはあって、字がうまい。

　　・ 那孩子到底沒白學書法，字真漂亮。

◆ 【動詞連體形】＋だけ＋【同一動詞】

→ 表示在某一範圍內的最大限度。意思是：「能…就…」、「盡可能地…」。

・ 彼は文句を言うだけ言って、何にもしない。

　　・ 他光是發牢騷，什麼都不做。

◆ 【動詞過去式】＋たところが

→ 表示因某種目的做了某一動作，但結果與期待或想像相反之意。意思是：「可是…」、「然而…」。

・ 彼のために言ったところが、かえって恨まれてしまった。

　　・ 為了他好才這麼說的，誰知卻被他記恨。

◆ 【動詞連用形】＋っこない

→ 表示強烈否定某事發生的可能性。意思是：「不可能…」、「決不…」。

・ こんな長い文章は、すぐには暗記できっこないです。

　　・ 這麼長的文章，根本沒辦法馬上背起來呀！

◆ 【動詞連用形】＋つつ、つつも

→ 「つつ」是表示同一主體，在進行某一動作的同時，也進行另一個動作。意思是：「一邊…一邊…」；跟「も」連在一起，表示連接兩個相反的事物。意思是：「儘管…」、「雖然…」。

・ 彼は酒を飲みつつ、月を眺めていた。

　　・ 他一邊喝酒，一邊賞月。

◆ 【動詞連用形】＋つつある

→ 表示某一動作或作用正向著某一方向持續發展。意思是：「正在…」。

・ 経済は、回復しつつあります。

　　・ 經濟正在復甦中。

◆【形容詞・動詞連用形】＋てしょうがない；【形容動詞詞幹】＋でしょう
がない

→ 表示心情或身體，處於難以抑制，不能忍受的狀態。意思是：「…得不得了」、
「非常…」、「…得沒辦法」。

· 彼女のことが好きで好きでしょうがない。
　　· 我喜歡她，喜歡到不行。

◆【體言】＋といえば、といったら

→ 用在承接某個話題，從這個話題引起自己的聯想，或對這個話題進行說明。意思
是：「談到…」、「提到…就…」、「說起…」，或不翻譯。

· 京都の名所といえば、金閣寺と銀閣寺でしょう。
　　· 提到京都名勝，那就非金閣寺跟銀閣寺莫屬了！

◆【體言；句子】＋というと

→ 用在承接某個話題，從這個話題引起自己的聯想，或對這個話題進行說明。意思是：「提
到…」、「要說…」、「說到…」。

· パリというと、香水の匂いを思い出す。
　　· 說到巴黎，就想起香水的味道。

◆【體言；動詞連體形】＋というものだ

→ 表示對事物做一種結論性的判斷。意思是：「也就是…」、「就是…」。

· この事故で助かるとは、幸運というものだ。
　　· 能在這事故裡得救，算是幸運的了。

◆【體言；用言終止形】＋というものではない、というものでもない

→ 表示對某種想法或主張，不能說是非常恰當，不完全贊成。意思是：「…可不是…」、「並
不是…」、「並非…」。

· 結婚しさえすれば、幸せだというものではないでしょう。
　　· 結婚並不代表獲得幸福吧！

◆【用言終止形】＋とおもうと、とおもったら

→ 本來預料會有某種情況，結果有：一種是出乎意外地出現了相反的結果。意思是：「原以為
…，誰知是…」；一種是結果與本來預料的一致。意思是：「覺得是…，結果果然…」。

· 太郎は勉強していると思ったら、漫画を読んでいる。
　　· 原以為太郎在看書，誰知道是在看漫畫。

◆【體言；用言連體形】＋どころか

→ 表示從根本上推翻前項，並且在後項提出跟前項程度相差很遠，或內容相反的事實。意思是：「哪裡還…」、「非但…」、「簡直…」。

・ お金が足りないどころか、財布は空っぽだよ。

　　・ 哪裡是不夠錢，錢包裡就連一毛錢也沒有。

◆【體言；用言連體形】＋どころではない、どころではなく

→ 表示遠遠達不到某種程度，或大大超出某種程度。意思是：「哪有…」、「不是…的時候」、「哪裡還…」。

・ 先々週は風邪を引いて、勉強どころではなかった。

　　・ 上上星期感冒了，哪裡還能唸書啊！

◆【動詞未然形】＋ないうちに

→ 表示在還沒有產生前面的環境、狀態的變化的情況下，先做後面的動作。意思是：「在未…之前，…」、「趁沒…」。

・ 雨が降らないうちに、帰りましょう。

　　・ 趁還沒有下雨，回家吧！

◆【動詞未然形】＋ないかぎり

→ 表示只要某狀態不發生變化，結果就不會有變化。意思是：「除非…，否則就…」、「只要不…，就…」。

・ 犯人が逮捕されないかぎり、私たちは安心できない。

　　・ 只要沒有逮捕到犯人，我們就無法安心。

◆【動詞未然形】＋ないことには

→ 表示如果不實現前項，也就不能實現後項。意思是：「要是不…」、「如果不…的話，就…」。

・ 保護しないことには、この動物は絶滅してしまいます。

　　・ 如果不加以保護，這種動物將會瀕臨絕種。

◆【動詞未然形】＋ないではいられない

→ 表示意志力無法控制，自然而然地內心衝動想做某事。意思是：「不能不…」、「忍不住要…」、「不禁要…」、「不…不行」、「不由自主地…」。

・ 紅葉がとてもきれいで、写真を撮らないではいられなかった。

　　・ 楓葉實在太美了，我不由自主地按下了快門。

◆【動詞・形容詞連用形；體言；形容動詞詞幹；副詞】＋ながら

→ 連接兩個矛盾的事物。表示後項與前項所預想的不同。意思是：「雖然…，但是…」、「儘管…」、「明明…卻…」。

· この服は地味ながら、とてもセンスがいい。

　　· 雖然這件衣服很樸素，不過卻很有品味。

◆【體言；用言連體形】＋にあたって、にあたり

→ 表示某一行動，已經到了事情重要的階段。意思是：「在…的時候」、「當…之時」、「當…之際」。

· このおめでたい時にあたって、一言お祝いを言いたい。

　　· 在這可喜可賀的時刻，我想說幾句祝福的話。

㊙ において、においては、においても、における

【體言】＋において、においては、においても、における。表示動作或作用的時間、地點、範圍、狀況等。是書面語。口語一般用「で」表示。中文意思是：「在…」、「在…時候」、「在…方面」等。

例 我が社においては、有能な社員はどんどん出世します。

在本公司，有才能的職員都會順利升遷的。

「において」表示「有能な社員はどんどん出世します」是在絶對重視實力主義的「わが社」這樣的背景下。

相當於助詞「で」，但說法更為鄭重！

私は、資金においても彼を支えようと思う。
我想在資金上也支援他。

聴解試験はこの教室において行われます。
聽力考試在這間教室進行。

研究過程において、いくつかの点に気が付きました。
於研究過程中，發現了幾項要點。

職場における自分の役割について考えてみました。
我思考了自己在職場上所扮演的角色。

MP3-85

(85) にかわって、にかわり

【體言】+にかわって、にかわり。表示應該由某人做的事，改由其他的人來做。是前後兩項的替代關係。相當於「…の代理で」。中文意思是：「替…」、「代替…」、「代表…」等。

例 社長にかわって、副社長が挨拶をした。

副社長代表社長致詞。

表示前後兩項的替代關係。
「にかわって」表示代表應由前項的「社長」（社長）做的「挨拶をした」（致詞）。

田中さんにかわって、私が案内しましょう。

讓我來代替田中先生帶領大家吧！

担当者にかわって、私が用件を承ります。

我代替負責人來接下這事情。

首相にかわり、外相がアメリカを訪問した。

外交部長代替首相訪問美國。

親族一同にかわって、ご挨拶申し上げます。

僅代表全體家屬，向您致上問候之意。

86 に関して（は）、に関しても、に関する

【體言】＋に関して（は）、に関しても、に関する。表示就前項有關的問題，做出「解決問題」性質的後項行為。有關後項多用「言う」（說）、「考える」（思考）、「研究する」（研究）、「討論する」（討論）等動詞。多用於書面。中文意思是：「關於…」、「關於…的…」等。

例 フランスの絵画に関して、研究しようと思います。

我想研究法國繪畫。

「に関して」表示，就前項的「フランスの絵画」（法國畫），來做出後項「研究しようと思います」（想進行研究）的行為。

アジアの経済に関して、討論した。
討論關於亞洲的經濟。

経済に関する本をたくさん読んでいます。
看了很多關於經濟的書。

社内のセキュリティーシステムに関しては、庶務に問い合わせて下さい。
關於公司內部的保全系統，敬請洽詢總務部門。

最近、何に関しても興味がわきません。
最近，無論做什麼事都提不起勁。

⑧⑦ に決(き)まっている

【體言；用言連體形】＋に決まっている。表示說話人根據事物的規律，覺得一定是這樣，不會例外，充滿自信的推測。相當於「きっと…だ」。中文意思是：「肯定是…」、「一定是…」等。

例 今(いま)ごろ東北(とうほく)は、紅葉(こうよう)が美(うつく)しいに決(き)まっている。

現在東北的楓葉一定很漂亮的。

日本東北一到秋天，真的很美喔！

「に決まっている」表示說話人根據，東北在秋天滿山遍野都是美麗的楓葉這一事物的規律，很有自信的推測「今ごろ東北は、紅葉が美しい」（現在東北的紅葉很美）。

みんないっしょのほうが、安心(あんしん)に決(き)まっています。
大家在一起，肯定是比較安心的。

彼女(かのじょ)は、わざと意地悪(いじわる)をしているに決(き)まっている。
她一定是故意捉弄人的。

ホテルのレストランは高(たか)いに決(き)まっている。
飯店的餐廳一定很貴的。

こんな時間(じかん)に電話(でんわ)をかけたら、迷惑(めいわく)に決(き)まっている。
要是在這麼晚的時間撥電話過去，想必會打擾對方的作息。

⑧⑧ に比べて、に比べ

【體言】＋に比べて、に比べ。表示比較、對照。相當於「…に比較して」。中文意思是：「與…相比」、「跟…比較起來」、「比較…」等。

例 今年は去年に比べ、雨の量が多い。
今年比去年雨量豐沛。

> 「に比べて」表示比較。比較的基準是接在前面的「去年」（去年）。

> 這裡比較「雨量」的結果，「今年」是比較「多い」（多的）。

事件前に比べて、警備が強化された。
跟事件發生前比起來，警備更森嚴了。

平野に比べて、盆地の夏は暑いです。
跟平原比起來，盆地的夏天熱多了。

生活が、以前に比べて楽になりました。
生活比以前舒適多了。

大阪は東京に比べて気の短い人が多い。
和東京相比，大阪比較多個性急躁的人。

❽❾ に加えて、に加え

【體言】＋に加えて、に加え。表示在現有前項的事物上，再加上後項類似的別的事物。相當於「…だけでなく…も」。中文意思是：「而且…」、「加上…」、「添加…」等。

例 書道に加えて、華道も習っている。

學習書法以外，也學習插花。

「に加えて」表示學習的項目到這裡還沒有結束，除了前項的「書道」（書法）之外，再加上後項類似的才藝「華道」（插花）。

在生活緊張的現在，多學一些藝術可以舒緩一些壓力喔！

能力に加えて、人柄も重視されます。
重視能力以外，也重視人品。

賞金に加えて、ハワイ旅行もプレゼントされた。
贈送獎金以外，還贈送了我夏威夷旅遊。

電気代に加え、ガス代までが値上がりした。
電費之外，就連瓦斯費也上漲了。

台風が接近し、雨に加えて風も強くなった。
隨著颱風接近，雨勢和風勢都逐漸增強了。

⑨⓪ にしたがって、にしたがい

【動詞連體形】＋にしたがって、にしたがい。表示隨著前項的動作或作用的變化，後項也跟著發生相應的變化。相當於「…につれて」、「…にともなって」、「…に応じて」、「…とともに」等。中文意思是：「伴隨…」、「隨著…」等。

例

おみこしが近づくにしたがって、賑やかになってきた。

隨著神轎的接近，變得熱鬧起來了。

好熱鬧的慶典喔！要想去看喔！

「にしたがって」（隨著…）表示隨著前項動作的進展「おみこしが近づく」（抬神轎活動的靠近），後項也跟著發生了變化「賑やかになってきた」（越來越熱鬧）。

課税率が高くなるにしたがって、国民の不満が高まった。
隨著課稅比重的提升，國民的不滿的情緒也更加高漲。

薬品を加熱するにしたがって、色が変わってきた。
隨著溫度的提升，藥品的顏色也起了變化。

国が豊かになるにしたがい、国民の教育水準も上がりました。
伴隨著國家的富足，國民的教育水準也跟著提升了。

有名になるにしたがって、仕事もどんどん増えてくる。
隨著名氣上升，工作量也變得越來越多。

�91 にしては

【體言；用言連體形】＋にしては。表示現實的情況，跟前項提的標準相差很大，後項結果跟前項預想的相反或出入很大。含有疑問、諷刺、責難、讚賞的語氣。相當於「…割には」。中文意思是：「照…來說…」、「就…而言算是…」、「從…這一點來說，算是…的」、「作為…，相對來說…」等。

例 この字<ruby>字<rt>じ</rt></ruby>は、子<ruby>子<rt>こ</rt></ruby>どもが書<ruby>書<rt>か</rt></ruby>いたにしては上手<ruby>上手<rt>じょうず</rt></ruby>です。

這字出自孩子之手，算是不錯的。

日本的書法，是很重視具個人特色的。

「にしては」（就…而言算是），表示就前項的「子供が書いた」（小孩寫的）而言，寫出來的書法，實在是「上手だ」（很好），後面接的是跟預料的有很大差異的事情。

社長<ruby>社長<rt>しゃちょう</rt></ruby>の代理<ruby>代理<rt>だいり</rt></ruby>にしては、頼<ruby>頼<rt>たよ</rt></ruby>りない人<ruby>人<rt>ひと</rt></ruby>ですね。
做為代理社長來講，他不怎麼可靠呢。

彼<ruby>彼<rt>かれ</rt></ruby>は、プロ野球選手<ruby>野球選手<rt>やきゅうせんしゅ</rt></ruby>にしては小柄<ruby>小柄<rt>こがら</rt></ruby>だ。
就棒球選手而言，他算是個子矮小的。

箱<ruby>箱<rt>はこ</rt></ruby>が大<ruby>大<rt>おお</rt></ruby>きいにしては、中身<ruby>中身<rt>なかみ</rt></ruby>はあまり入<ruby>入<rt>はい</rt></ruby>っていません。
儘管箱子很大，裡面卻沒裝多少東西。

性格<ruby>性格<rt>せいかく</rt></ruby>が穏<ruby>穏<rt>おだ</rt></ruby>やかな彼<ruby>彼<rt>かれ</rt></ruby>にしては、今日<ruby>今日<rt>きょう</rt></ruby>はえらく怒<ruby>怒<rt>おこ</rt></ruby>っていましたね。
儘管他的個性溫和，今天卻發了一頓好大的脾氣。

92 にしても

【體言；用言連體形】＋にしても。表示讓步關係，退一步承認前項條件，並在後項中敘述跟前項矛盾的內容。前接人物名詞的時候，表示站在別人的立場推測別人的想法。相當於「…も、…としても」。中文意思是：「就算…，也…」、「即使…，也…」等。

例 テストの直前にしても、ぜんぜん休まないのは体に悪いと思います。

就算是考試當前，完全不休息對身體是不好的。

學習只要掌握要領，就可以事半功倍喔！

「にしても」（就算…，也…）表示即使承認前項的事態「テストの直前」（考試當前），而後項所説的「ぜんぜん休まないのは体に悪いと思います」（認為完全不休息對身體是不好的），是跟前項相互矛盾，跟預測的不一樣。

お互い立場は違うにしても、助け合うことはできます。
即使立場不同，也能互相幫忙。

日常生活に困らないにしても、貯金はあったほうがいいですよ。
就算生活沒有問題，存點錢也是比較好的。

見かけは悪いにしても、食べれば味は同じですよ。
儘管外觀不佳，但嚐起來同樣好吃喔。

いくら意地悪にしても、これはひどすぎますね。
就算他再怎麼存心不良，這樣做實在太過分了呀。

93 に対して（は）、に対し、に対する

【體言】＋に対して（は）、に対し、に対する。表示動作、感情施予的對象。可以置換成「に」。中文意思是：「向…」、「對（於）…」等。

例 この問題に対して、意見を述べてください。

請針對這問題提出意見。

自我表現的能力很重要，要多訓練喔！

「に対して」（對於…）前接動作施予的的對象「この問題」（這個問題），至於根據「這個問題」，要做什麼動作呢？那就是「意見を述べてください」（說出意見來）。

みなさんに対し、詫びなければならない。
我得向大家致歉。

兄は由紀に対して、いつも優しかった。
哥哥對由紀向來都很和藹可親。

父はウイスキーに対して、非常にこだわりがあります。
家父對威士忌非常講究。

息子は、音楽に対する興味が人一倍強いです。
兒子對音樂的興趣非常濃厚。

94 に違いない

【體言；形容動詞詞幹；動詞・形容詞連體形】＋に違いない。表示說話人根據經驗或直覺，做出非常肯定的判斷。常用在自言自語的時候。相當於「…きっと…だ」。中文意思是：「一定是…」、「准是…」等。

例 この写真は、ハワイで撮影されたに違いない。

這張照片，肯定是在夏威夷拍的。

「に違いない」（一定是…）表示說話人根據經驗或直覺，從這張照片的背景，很有把握地說：「この写真は、ハワイで撮影された」（這照片是在夏威夷拍的）。

あの煙は、仲間からの合図に違いない。
那道煙霧，肯定是朋友發出的暗號。

このダイヤモンドは高いに違いない。
這顆鑽石一定很貴。

財布は駅で盗まれたに違いない。
錢包一定是在車站被偷了。

お母さんが料理研究家なのだから、彼女も料理が上手に違いない。
既然她的母親是烹飪專家，想必她的廚藝也很精湛。

⑨⑤ につき

【體言】＋につき。接在名詞後面，表示其原因、理由。一般用在書信中比較鄭重的表現方法。相當於「…のため、…という理由で」。中文意思是：「因…」、「因為…」等。

例 台風につき、学校は休みになります。
因為颱風，學校停課。

> 夾帶大雨的颱風來了，低窪地區真辛苦啊！

> 「につき」（因為…）表示因前項「台風」（颱風）的理由，而有了後項的結果「学校は休みになります」（學校不用上課）。

5時以降は不在につき、また明日いらしてください。
因為五點以後不在，所以請明天再來。

この商品はセット販売につき、一つではお売りできません。
因為這商品是賣一整套的，所以沒辦法零售。

このあたりは温帯につき、非常に過ごしやすいです。
因為這一帶屬溫帶，所以住起來很舒服。

病気につき欠席します。
由於生病而缺席。

這些句型也要記

◆【體言】＋におうじて
→ 表示按照、根據。前項作為依據，後項根據前項的情況而發生變化。意思是：「根據…」、「按照…」、「隨著…」。
・働きに応じて、報酬をプラスしてあげよう。
　　・依工作的情況來加薪！

◆【體言；用言連體形】＋にかかわらず
→ 接兩個表示對立的事物，表示跟這些無關，都不是問題。意思是：「不管…都…」、「儘管…也…」、「無論…與否…」。
・お酒を飲む飲まないにかかわらず、一人当たり２千円を払っていただきます。
　　・不管有沒有喝酒，每人都要付兩千日圓。

◆【體言】＋にかぎって、にかぎり
→ 表示特殊限定的事物或範圍。意思是：「只有…」、「唯獨…是…的」、「獨獨…」。
・時間に空きがあるときに限って、誰も誘ってくれない。
　　・獨獨在空閒的時候，沒有一個人來約我。

◆【體言】＋にかけては、にかけても
→「其它姑且不論，僅就那一件事情來說」。意思是：「在…方面」、「在…這一點上」。
・パソコンの調整にかけては、自信があります。
　　・在修理電腦這方面，我很有信心。

◆【體言】＋にこたえて、にこたえ、にこたえる
→ 表示為了使前項能夠實現，後項是為此而採取行動或措施。意思是：「應…」、「響應…」、「回答…」、「回應…」。
・農村の人々の期待にこたえて、選挙に出馬した。
　　・為了回應農村的鄉親們的期待而出來參選。

◆【體言】＋にさいして、にさいし、にさいしての
→ 表示以某事為契機，也就是動作的時間或場合。意思是：「在…之際」、「當…的時候」。
・チームに入るに際して、自己紹介をしてください。
　　・入隊時請先自我介紹。

◆【體言；動詞連體形】＋にさきだち、にさきだつ、にさきだって

→ 用在述說做某一動作前應做的事情，後項是做前項之前，所做的準備或預告。意思是：「在…之前，先…」、「預先…」、「事先…」。

・旅行に先立ち、パスポートが有効かどうか確認する。

　　・在出遊之前，要先確認護照期限是否還有效。

◆【體言】＋にしたがって、にしたがい

→ 表示按照、依照的意思。意思是：「依照…」、「按照…」、「隨著…」。

・季節の変化にしたがい、町の色も変わってゆく。

　　・隨著季節的變化，街景也改變了。

◆【體言；用言連體形】＋にしろ

→ 表示退一步承認前項，並在後項中提出跟前面相反或矛盾的意見。意思是：「無論…都…」、「就算…，也…」、「即使…，也…」。

・体調は幾分よくなってきたにしろ、まだ出勤はできません。

　　・即使身體好了些，也還沒辦法去上班。

◆【體言；用言連體形】＋にすぎない

→ 表示程度有限，有這並不重要的消極評價語氣。意思是：「只是…」、「只不過…」、「不過是…而已」、「僅僅是…」。

・これは少年犯罪の一例にすぎない。

　　・這只不過是青少年犯案中的一個案例而已。

◆【體言；用言連體形】＋にせよ、にもせよ

→ 表示退一步承認前項，並在後項中提出跟前面反或相矛盾的意見。意思是：「無論…都…」、「就算…，也…」、「即使…，也…」、「…也好…也好…」。

・困難があるにせよ、引き受けた仕事はやりとげるべきだ。

　　・即使有困難，一旦接下來的工作就得完成。

◆【體言；形容動詞詞幹；動詞・形容詞連體形】＋にそういない

→ 表示說話人根據經驗或直覺，做出非常肯定的判斷。意思是：「一定是…」、「肯定是…」。

・明日の天気は、快晴に相違ない。

　　・明天的天氣，肯定是晴天。

◆【體言】＋にそって、にそい、にそう、にそった

→ 接在河川或道路等長長延續的東西，或操作流程等名詞後，表示沿著河流、街道，或按照某程序、方針。意思是：「沿著…」、「順著…」、「按照…」。

・道にそって、クリスマスの飾りが続いている。

　　・沿著道路滿是聖誕節的點綴。

◆【動詞連體形；體言】＋につけ、につけて

→ 表示每當看到什麼就聯想到什麼的意思。意思是：「一…就…」、「每當…就…」。

・ この音楽を聞くにつけ、楽しかった月日を思い出します。

　　・ 每當聽到這個音樂，就會回想起過去美好的時光。

⑨⑥ につれて、につれ

【動詞連體形；體言】＋につれて、につれ。表示隨著前項的進展，同時後項也隨之發生相應的進展。與「…にしたがって」等相同。中文意思是：「伴隨…」、「隨著…」、「越…越…」等。

例 一緒に活動するにつれて、みんな仲良くなりました。

隨著共同參與活動，大家感情變得很融洽。

團體活動可以訓練一個人互助合作的精神喔！

「につれて」（隨著…）表示隨著前項「一緒に活動する」（一起活動）的進展，後項也跟著有了進展「みんな仲良くなりました」（大家感情變得很融洽）。

勉強するにつれて、化学の原理がわかってきた。
隨著學習，越來越能了解化學原理了。

物価の上昇につれて、国民の生活は苦しくなりました。
隨著物價的上揚，國民的生活就越來越困苦了。

時代の変化につれ、家族の形も変わってきた。
隨著時代的變遷，家族型態也改變了。

子供が成長するにつれて、親子の会話の頻度が少なくなる。
隨著孩子的成長，親子之間的對話頻率越來越低。

97 にとって（は）、にとっても、にとっての

【體言】＋にとって（は）、にとっても、にとっての。表示站在前面接的那個詞的立場，來進行後面的判斷或評價。相當於「…の立場から見て」。中文意思是：「對於…來說」等。

例 チームのメンバーにとって、今度の試合は重要です。

這次的比賽對球隊的球員而言，是很重要的。

「にとって」（對於…來說）表示站在前接的「チームのメンバー」（隊中的成員）的立場，來看「今度の試合は重要です」（這次的比賽是很重要的）。

一般是接在表示組織或人的後面。

たった1000円でも、子どもにとっては大金です。
雖然只有一千日圓，但對孩子而言可是個大數字。

この事件は、彼女にとってショックだったに違いない。
這個事件，對她肯定打擊很大。

みんなにとっても、今回の旅行は忘れられないものになったことでしょう。
想必對各位而言，這趟旅程也一定永生難忘吧！

私にとっての宝物は、おばあちゃんからもらった手紙です。
我的寶貝是奶奶寫給我的信。

98 に伴って、に伴い、に伴う

【體言；動詞連體形】＋に伴って、に伴い、に伴う。表示隨著前項事物的變化而進展。相當於「…とともに、…につれて」。中文意思是：「伴隨著…」、「隨著…」等。

例 牧畜業が盛んになるに伴って、村は豊かになった。

伴隨著畜牧業的興盛，村子也繁榮起來了。

「に伴って」（隨著…）表示隨著前項的變化「牧畜業が盛ん」（畜牧業的興盛），連帶著發生後項的變化「村は豊かになった」（村子變得繁榮起來了）。

一般用在規模較大的變化，不用在私人的事情上。

世の中の動きに伴って、考え方を変えなければならない。
隨著社會的變化，想法也得要改變。

この物質は、温度の変化に伴って色が変わります。
這物質的顏色，會隨著溫度的變化而改變。

人口が増えるに伴い、食糧問題が深刻になってきた。
隨著人口的增加，糧食問題也越來越嚴重了。

人気が上昇するに伴って、自由に外出しにくくなります。
隨著日漸走紅，他越來越難自由外出了。

99 に反して、に反し、に反する、に反した

【體言】＋に反して、に反し、に反する、に反した。接「期待」、「予想」等詞後面，表示後項的結果，跟前項所預料的相反，形成對比的關係。相當於「て…とは反対に、…に背いて」。中文意思是：「與…相反…」等。

例 期待に反して、収穫量は少なかった。

與預期的相反，收穫量少很多。

今年明明是風調雨順的，預期稻子應該是豐收的，但是…。

「に反して」（與…相反…），前面接表示預測未來的詞「期待」（期待），但是後續的結果是跟期待相反的事物「収穫量は少なかった」（收穫量很少）。

彼は、外見に反して、礼儀正しい青年でした。
跟他的外表相反，他是一個很懂禮貌的青年。

法律に反した行為をしたら逮捕されます。
要是違法的話，是會被抓起來的。

口コミの評判に反して、大して面白い芝居ではありませんでした。
跟口碑相傳的不一樣，這齣劇並不怎麼有趣。

予想に反した結果ですが、受け止めるしかありません。
儘管結果與預期相反，也只能接受了。

⑩ に基づいて、に基づき、に基づく、に基づいた

【體言】＋に基づいて、に基づき、に基づく、に基づいた。表示以某事物為根據或基礎。相當於「…をもとにして」。中文意思是：「根據…」、「按照…」、「基於…」等。

例 違反者は法律に基づいて処罰されます。

違者依法究辦。

「に基づいて」（根據…）表示以前接的「法律」（法律）為依據，而進行後項的行為「処罰されます」（科罰）。

法律之前人人平等。

写真に基づいて、年齢を推定しました。
根據照片推測年齡。

学者の意見に基づいて、計画を決めていった。
根據學者的意見訂計畫。

こちらはお客様の声に基づき開発した新商品です。
這是根據顧客的需求所研發的新產品。

学生から寄せられたコメントに基づく授業改善の試みが始まった。
依照從學生收集來的建議，開始嘗試了教學改進。

⑩ によって、により

【體言】＋によって、により。（1）表示所依據的方法、方式、手段。意思是：「根據…」、「按照…」等；（2）表示句子的因果關係。後項的結果是因為前項的行為、動作而造成、成立的。「…により」大多用於書面。相當於「…が原因で」。中文意思是：「由於…」、「因為…」等。

例 その村は、漁業によって生活しています。

那個村莊，以漁業為生。

哇！看起來是豐收呢！

「によって」（靠…）表示這個村子是靠前項的「漁業」（漁業），來「生活しています」（生活）的。

実例によって、やりかたを示す。
以實際的例子，來出示操作的方法。

じゃんけんによって、順番を決めよう。
用猜拳來決定順序吧！

この地域は台風によって多くの被害を受けました。
這一地區由於颱風多處遭受災害。

言葉遣いにより、どこの出身かだいたい分かります。
從每個人的說話方式，大致上可以判斷出是哪裡人。

⑩② による

【體言】＋による。表示造成某種事態的原因。「…による」前接所引起的原因。「…によって」是連體形的用法。中文意思是：「因…造成的…」、「由…引起的…」等。

例 雨による被害は、意外に大きかった。

因大雨引起的災害，大到叫人料想不到。

好大的雨喔！真是天有不測風雲！

「による」（因…造成的…）表示造成後項的某種事情「被害」（災害）的原因是前項的「雨」（下雨）。

去年以来、交通事故による死者が減りました。
自去年後，因車禍事故而死亡的人減少了。

彼女は、薬による治療で徐々によくなってきました。
她因藥物的治療，病情漸漸好轉了。

不注意による大事故が起こった。
因為不小心，而引起重大事故。

この地震による津波の心配はありません。
無需擔心此次地震會引發海嘯。

⑩ によると、によれば

【體言】＋によると、によれば。表示消息、信息的來源，或推測的依據。後面經常跟著表示傳聞的「…そうだ」、「…ということだ」之類詞。中文意思是：「據…」、「據…說」、「根據…報導…」等。

例 天気予報によると、明日は雨が降るそうです。

根據氣象報告，明天會下雨。

這個句型也是氣象常用語喔！

「によると」（據…）表示根據前項的消息「天気予報」（天氣預報），來推測出後項的事態「明日は雨が降る」（明天會下雨）。後面常接表示傳聞的「…そうだ」。

アメリカの文献によると、この薬は心臓病に効くそうだ。
根據美國的文獻，這種藥物對心臟病有效。

みんなの話によると、窓からボールが飛び込んできたそうだ。
根據大家所說的，球是從窗戶飛進來的。

女性雑誌によると、毎日１リットルの水を飲むと美容にいいそうだ。
據女性雜誌上說，每天喝一公升的水有助養顏美容。

警察の説明によれば、犯人はまだこの付近にいるということです。
根據警方的說法，罪犯還在這附近。

⑩ にわたって、にわたる、にわたり、にわたった

【體言】＋にわたって、にわたる、にわたり、にわたった。前接時間、次數及場所的範圍等詞。表示動作、行為所涉及到的時間範圍，或空間範圍非常之大。中文意思是：「經歷…」、「各個…」、「一直…」、「持續…」等，或不翻譯。

例 この小説の作者は、60年代から70年代にわたってパリに住んでいた。

這小說的作者，從60年代到70年代都住在巴黎。

接表示期間、次數、場所的範圍等詞，形容規模很大。

「にわたって」（一直…）表示這小說的作家在「60年代から70年代」（60年代到70年代），一直進行後項的行為「パリに住んでいた」（住在巴黎）。

わが社の製品は、50年にわたる長い間、人々に好まれてきました。
本公司的產品，長達50年間深受大家的喜愛。

10年にわたる苦心の末、新製品が完成した。
嘔心瀝血長達十年，最後終於完成了新產品。

西日本全域にわたり、大雨になっています。
西日本全區域都下大雨。

30年にわたったベトナム戦争は、1975年にようやく終結しました。
歷經三十年之久的越南戰爭，終於在1975年結束了。

105 （の）ではないだろうか、（の）ではないかと思う

【體言；用言連體形】＋（の）ではないだろうか、（の）ではないかと思う。表示意見跟主張。是對某事能否發生的一種預測，有一定的肯定意味。意思是：「不就…嗎」等；「（の）ではないかと思う」表示說話人對某事物的判斷。意思是：「我認為不是…嗎」、「我想…吧」等。

例 読んでみると面白いのではないだろうか。

讀了以後，可能會很有趣吧！

「のではないか だろうか」表示說話人推測這本書是「有趣的」。

說話人心中雖不確定，但相信是有趣的。

もしかして、知らなかったのは私だけではないだろうか。
該不會是只有我一個人不知道吧？

彼は誰よりも君を愛していたのではないかと思う。
我覺得他應該比任何人都還要愛妳吧！

こんなうまい話は、うそではないかと思う。
我想，這種好事該不會是騙人的吧！

この仕事は田中君にはまだ難しいのではないかと思う。
我認為這件工作對田中來說，或許還太難吧！

⑩⑥ ば…ほど

【用言假定形】＋ば＋【同一用言連體形】＋ほど。同一單詞重複使用，表示隨著前項事物的變化，後項也隨之相應地發生變化。中文意思是：「越…越…」等。

例 話せば話すほど、お互いを理解できる。

雙方越聊越能理解彼此。

溝通是很重要的喔！

「…ば…ほど」（越…越…）表示隨著前項事物的提高「話す」（談話），就是多溝通，另一方面的程度「お互いを理解する」（互相理解）也跟著提高。

宝石は、高価であればあるほど買いたくなる。
寶石越昂貴越想買。

字を書けば書くほど、きれいに書けるようになります。
字會越寫越漂亮。

この酒は、古ければ古いほど味わいが深くなります。
這種酒放得越久，就會越香醇。

欲張れば欲張るほど、顔つきも卑しくなります。
越是貪婪，面容就會變得越猥瑣。

107 ばかりか、ばかりでなく

【體言；用言連體形】＋ばかりか、ばかりでなく。表示除前項的情況之外，還有後項程度更甚的情況。後項的程度超過前項。語意跟「…だけでなく…も…」相同。中文意思是：「豈止…，連…也…」、「不僅…而且…」等。

例 彼は、勉強ばかりでなく、スポーツも得意だ。

他不光只會唸書，就連運動也很行。

學習跟運動雙全，真令人羨慕！

「ばかりでなく」（不僅…而且…）表示不僅前項「勉強」（學習），還有後項再添加的「スポーツ」（運動）都很拿手。

カリカリ…

彼は、失恋したばかりか、会社も首になってしまいました。
他不僅剛失戀，連工作也丟了。

プロジェクトが成功を収めたばかりか、次の計画も順調だ。
豈止成功地完成計畫，就連下一個計畫也進行得很順利。

隣のレストランは、量が少ないばかりか、大しておいしくもない。
隔壁餐廳的菜餚不只份量少，而且也不大好吃。

あの子はわがままなばかりでなく、生意気です。
那個孩子不僅任性，還很驕縱。

108 はもちろん、はもとより

【體言】＋はもちろん、はもとより。表示一般程度的前項自然不用說，就連程度較高的後項也不例外。相當於「…は言うまでもなく…（も）」。中文意思是：「不僅…而且…」、「…不用說」、「…自不待說，…也…」等。

例 病気の治療はもちろん、予防も大事です。

疾病的治療自不待說，預防也很重要。

預防真的勝於治療喔！

「はもちろん」（不僅…而且…）表示先舉出醫療範疇內，具代表性的前項「病気の治療」（疾病治療），然後再列舉出同一範疇的事物「予防も大事」（預防也很重要）。

システムはもちろん、プログラムも異常はありません。
不用說是系統，就連程式也沒問題。

居間はもちろん、トイレも台所も全部掃除しました。
不用說是客廳，就連廁所跟廚房也都清掃乾淨了。

生地はもとより、デザインもとてもすてきです。
布料好自不待言，就連設計也很棒。

楊さんは英語はもとより、日本語もできます。
楊小姐不只會英語，也會日語。

109 ばよかった

【動詞假定形】＋ばよかった；【動詞未然形】＋なければよかった。
表示說話者對於過去事物的惋惜、感慨。中文意思是：「…就好了」。

例 あの時あんなこと言わなければよかった。

那時若不要說那樣的話就好了。

吵架時不小心說了很難聽的話，結果太太到現在都不肯煮飯，我只好餐餐吃泡麵…

悔不當初的心情就用「ばよかった」來表示。

もっと彼女を大切にしてあげればよかった。
如果能多珍惜她一點就好了。

大学院など行かないで早く就職すればよかった。
如果不讀什麼研究所，早點去工作就好了。

若いうちに海外に出ればよかった。
我年輕時如果有出國就好了。

⑩ 反面
はんめん

【用言連體形】＋反面。表示同一種事物，同時兼具兩種不同性格的兩個方面。除了前項的一個事項外，還有後項的相反的一個事項。相當於「…である一方」。中文意思是：「另一面…」、「另一方面…」。

例

産業が発達している反面、公害が深刻です。
さんぎょう はったつ　　　　はんめん　こうがい　しんこく

産業雖然發達，但另一方面也造成嚴重的公害。

事物總是一體兩面的。

「反面」（另一方面…）表示同一事物的「産業」（產業），同時間具兩種不同性格，除了前項的「発達している」（發達）之外，還有後項相反的一個事項「公害が深刻」（嚴重的公害）。

商社は、給料がいい反面、仕事がきつい。
しょうしゃ　きゅうりょう　　　はんめん　しごと
貿易公司雖然薪資好，但另一方面工作也吃力。

この国は、経済が遅れている反面、自然が豊かだ。
くに　けいざい　おく　　　　　はんめん　しぜん　ゆた
這個國家經濟雖然落後，但另一方面卻擁有豐富的自然資源。

彼はお金持ちである反面、倹約家でもあります。
かれ　かねも　　　　　はんめん　けんやくか
他雖是富翁，相對的，也是個勤儉的人。

娘は慎重な反面、大胆な一面もあります。
むすめ しんちょう　はんめん　だいたん いちめん
女兒個性慎重，但相反的也有大膽的一面。

⑪ べき、べきだ

【動詞終止形】＋べき、べきだ。表示那樣做是應該的、正確的。常用在勸告、禁止及命令的場合。是一種比較客觀或原則的判斷。書面跟口語雙方都可以用。相當於「…するのが当然だ」。中文意思是：「必須…」、「應當…」等。

例 人間はみな平等であるべきだ。

人人應該平等。

「べきだ」可以是對一般事情發表意見，也可以是對對方的勸告、禁止和命令等。

「べきだ」（應當…）表示那樣做是應該的、對的。這句話是說話人對一般事情發表意見，他認為「大家應當都是平等的」。

言うべきことははっきり言ったほうがいい。
該說的事，最好說清楚。

女性社員も、男性社員と同様に扱うべきだ。
女職員跟男職員應該平等對待。

学生は、勉強していろいろなことを吸収するべきだ。
學生應該好好學習，以吸收各種知識。

自分の不始末は自分で解決すべきだ。
自己闖的禍應該要自己收拾。

⑫ ほかない、ほかはない

【動詞連體形】＋ほかない、ほかはない。表示雖然心裡不願意，但又沒有其他方法，只有這唯一的選擇，別無它法。相當於「…以外にない」、「…より仕方がない」等。中文意思是：「只有…」、「只好…」、「只得…」等。

例 書類は一部しかないので、複写するほかない。

因為資料只有一份，只好去影印了。

「ほかない」（只好…）表示，某些原因或情況「書類は一部しかない」（資料只有一份），而不得不採用這唯一的方法「複写する」（影印）。

含有雖然不符合自己的想法，但只能這樣，沒有其它方法的意思。

誰も助けてくれないので、自分で何とかするほかない。
因為沒有人可以伸出援手，只好自己想辦法了。

犯人が見つからないので、捜査の範囲を広げるほかはない。
因為抓不到犯人，只好擴大搜索範圍了。

上手になるには、練習し続けるほかはない。
想要更好，只有不斷地練習了。

父が病気だから、学校を辞めて働くほかなかった。
因為家父生病，我只好退學出去工作了。

⑬ （が）ほしい

【名詞】＋（が）ほしい。表示說話人（第一人稱）想要把什麼東西弄到手，想要把什麼東西變成自己的，希望得到某物的句型。「ほしい」是表示感情的形容詞。希望得到的東西，用「が」來表示。疑問句時表示聽話者的希望。可譯作「…想要…」。

例 私は自分の部屋がほしいです。

我想要有自己的房間。

我都高中了，還要跟兩個弟妹睡一個房間。

「…がほしい」（想要…），表示說話人希望得到某物。至於，希望得到的東西「自己的房間」，要用「が」表示喔！

もっと広い部屋がほしいです。
我想要更寬敞的房間。

新しい洋服がほしいです。
我想要新的洋裝。

もっと時間がほしいです。
我想要多一點的時間。

今は何もほしくない。
我現在什麼都不想要。

⑪⑭ ほど

【體言；用言連體形】＋ほど。（1）表示後項隨著前項的變化，而產生變化。中文意思是：「越…越…」；（2）用在比喻或舉出具體的例子，來表示動作或狀態處於某種程度。中文意思是：「…得」、「…得令人」。

例 お腹が死ぬほど痛い。

肚子痛死了。

「ほど」（…得令人）
表示用前接的比喻或具
體的事例「死ぬ」（死
了）來形容「お腹が痛
い」（肚子疼痛）的程
度是「痛得幾乎要死
了」。

唉呀！好痛的樣
子呢！怎麼啦！

よく勉強する学生ほど成績がいい。
越是學習的學生，成績越好。

年を取るほど、物覚えが悪くなります。
年紀越大，記憶力越差。

この本はおもしろいほどよく売れる。
這本書熱賣到令人驚奇的程度。

不思議なほど、興味がわくというものです。
很不可思議的，對它的興趣竟然油然而生。

⑪⑮ ほど…ない

【體言；動詞連體形】＋ほど…ない。表示兩者比較之下，前者沒有達到後者那種程度。這個句型是以後者為基準，進行比較的。「不像…那麼…」、「沒那麼…」的意思。

例 大きい船は、小さい船ほど揺れない。

大船不像小船那麼會搖。

> 櫻子跟相親對象的田中，到東京灣賞夜景。田中想帶櫻子坐小船，來拉近彼此的距離。但是櫻子怕自己暈船，破壞了約會的氣氛，所以建議田中搭大的觀光船。

> 以「ほど」前的「小さい船」為基準，表示前者的「大きい船」沒有小船搖晃的程度那麼厲害。後面記得是否定形喔！

日本の夏はタイの夏ほど暑くないです。
日本的夏天不像泰國那麼熱。

田中は中山ほど真面目ではない。
田中不像中山那麼認真。

私は、妹ほど母に似ていない。
我不像妹妹那麼像媽媽。

その服は、あなたが思うほど変じゃないですよ。
那衣服沒有你想像的那麼怪喔！

116 までには

【體言；動詞辭書形】＋までには。前面接和時間有關的名詞，或是動詞，表示某個截止日、某個動作完成的期限。中文意思是：「…之前」、「…為止」。

例 結論が出るまでにはもうしばらく時間がかかります。
在得到結論前還需要一點時間。

大家各有各的意見…到底要到什麼時候才能結束會議啊…

表示時間的期限就用「までには」。

仕事は明日までには終わると思います。
我想工作在明天之前就能做完。

大学を卒業するまでには、英検 1 級に受かりたい。
我想在大學畢業前參加英檢 1 級考試。

ここにつくまでには、いろんなことがあった。
來到這裡之前，發生了許多事情。

⑰ み

【形容詞・形容動詞詞幹】＋み。「み」是接尾詞，前接形容詞或形容動詞詞幹，表示該形容詞的這種狀態，或在某種程度上感覺到這種狀態。形容詞跟形容動詞轉為名詞的用法。中文的意思是：「帶有…」、「…感」等。

例 月曜日の放送を楽しみにしています。

我很期待看到星期一的播映。

我最喜歡看恐龍的節目了。

把「楽しい」的詞幹「楽し」加上「み」就成為名詞了。

この講義、はっきり言って新鮮みがない。
這個課程，老實說，內容已經過時了。

この包丁は厚みのある板をよく切れる。
這把菜刀可以俐落地切割有厚度的木板。

白みを帯びた青い葉が美しい。
透著白紋的綠葉很美麗。

不幸な知らせを聞いて悲しみに沈んでいる。
聽到噩耗後，整個人便沈溺於哀傷的氣氛之中。

118 みたいだ

【體言；動詞・形容詞終止形；形容動詞詞幹】＋みたいだ。表示不是很確定的推測或判斷。意思：「好像…」等。後接名詞時，要用「みたいな＋名詞」。 【動詞て形】＋てみたい。由表示試探行為或動作的「～てみる」，再加上表示希望的「たい」而來。跟「みたい（だ）」的最大差別在於，此文法前面必須接「動詞て形」，且後面不得接「だ」，用於表示欲嘗試某行為。

例 太郎君は雪ちゃんに気があるみたいだよ。

太郎似乎對小雪有好感喔。

太郎又邀小雪去爬山了！

用「てみる」表示不是十分確定，但猜測應該是「有好感」的意思。

体がだるくて、風邪をひいたみたいでした。
我感覺全身倦怠，似乎著涼了。

（補充）次のカラオケでは必ず歌ってみたいです。
下次去唱卡拉OK時，我一定要唱看看。

（補充）この子、今日はご機嫌斜めみたい。
這孩子今天似乎不大高興。

（補充）一度、富士山に登ってみたいですね。
真希望能夠登上一次富士山呀！

⑪⑨ 向きの、向きに、向きだ

【體言】＋向きの、向きに、向きだ。（1）接在方向及前後、左右等方位名詞之後，表示正面朝著那一方向。中文意思是：「朝…」；（2）表示為適合前面所接的名詞，而做的事物。相當於「…に適している」。中文意思是：「合於…」、「適合…」等。

例 南向きの部屋は暖かくて明るいです。

朝南的房子不僅暖和，採光也好。

> 這房子採光挺好的呢！

> 「向きの」（朝…）表示朝著前接的方向詞「南」（南邊）的意思。

彼はいつも前向きに、物事を考えている。
他思考事情都很積極。

子ども向きのおやつを作ってあげる。
我做小孩吃的糕點給你。

若い女性向きの小説を執筆しています。
我在寫年輕女性看的小說。

私の性格からすれば、営業向きだと思います。
就我的個性而言，應該很適合當業務人員。

⑫⓪ 向けの、向けに、向けだ

【體言】＋向けの、向けに、向けだ。表示以前項為對象，而做後項的事物，也就是適合於某一個方面的意思。相當於「…を対象にして」。中文意思是：「適合於…」等。

例 初心者向けのパソコンは、たちまち売れてしまった。

針對電腦初學者的電腦，馬上就賣光了。

> 「向けの」（適合於…）表示以前接的「初心者」（初學者）為對象，而做出了適合於這個對象的後項「パソコン」（手提電腦）。

> 商品要打動消費者的心，就要知道消費者的需求喔！

若者向けの商品が、ますます増えている。
針對年輕人的商品越來越多。

小説家ですが、たまに子ども向けの童話も書きます。
雖然是小說家，偶爾也會撰寫針對小孩的童書。

外国人向けにパンフレットが用意してあります。
備有外國人看的小冊子。

この味付けは日本人向けだ。
這種調味很適合日本人的口味。

121 もの、もん

【體言だ；用言終止形】＋もの。助詞「もの（もん）」接在句尾，多用在會話中。表示說話人很堅持自己的正當性，而對理由進行辯解。敘述中語氣帶有不滿、反抗的情緒。跟「だって」使用時，就有撒嬌的語感。更隨便的說法是：「もん」。多用於年輕女性或小孩子。中文意思是：「因為…嘛」等。

例 花火を見に行きたいわ。だって、とてもきれいだもん。

我想去看煙火，因為很美嘛！

「もの」（因為…嘛）表示「花火を見に行きたいわ」（想去看煙火）的理由是因為煙火「とてもきれいだ」（很漂亮）啦！有堅持自己的正當性的語意。這是用在比較隨便的場合。

有時候可以用這個句型撒撒嬌喔！

運動はできません。退院した直後だもの。
人家不能運動，因為剛出院嘛！

哲学の本は読みません。難しすぎるもの。
人家看不懂哲學書，因為太難了嘛！

早寝早起きします。健康第一だもん。
早睡早起，因為健康第一嘛！

仕方ないよ、彼はもともと大ざっぱだもの。
沒辦法呀，他本來就是個粗枝大葉的人。

⑫ ものか

【用言連體形】＋ものか。句尾聲調下降。表示強烈的否定情緒，指說話人絕不做某事的決心，或是強烈否定對方的意見。比較隨便的說法是「…もんか」。一般男性用「ものか」，女性用「ものですか」。中文意思是：「哪能…」、「怎麼會…呢」、「決不…」、「才不…呢」等。

例 彼の味方になんか、なるものか。

我才不跟他一個鼻子出氣呢！

他人很壞的，總是想些壞點子。

「ものか」（才不…呢）表示說話人絕不做某事「彼の味方になる」（跟他站在同一線）。這是由於輕視、厭惡或過於複雜等原因，而表示的強烈的否定。

何があっても、誇りを失うものか。
無論遇到什麼事，我決不失去我的自尊心。

勝敗なんか、気にするものか。
我才不在乎勝敗呢！

あんな銀行に、お金を預けるものか。
我才不把錢存在那種銀行裡呢！

こんな古臭いものが大事なもんか。
這種破舊的東西才不是我的寶貝呢！

⑫ ものだ

【動詞連用形】＋たものだ。表示說話者對於過去常做某件事情的感慨、回憶。中文意思是：「過去…經常」、「以前…常常」。

例 懐かしい。これ、子どものころによく飲んだものだ。

好懷念喔。這個是我小時候常喝的。

> 是彈珠汽水耶～小時候一拿到零用錢就會去買這個來喝，這是我當時小小的幸福。

> 要緬懷過去事物，用「ものだ」就對了。

渋谷には、若い頃よく行ったものだ。
我年輕時常去澀谷。

20代のころは海外が大好きでしょっちゅう貧乏旅行をしたものだ。
我20幾歲時非常喜歡出國，常常去自助旅行呢！

学生時代は毎日ここに登ったものだ。
學生時代我每天都爬到這上面來。

⑫⁴ ものだから

【用言連體形】＋ものだから。表示原因、理由。常用在因為事態的程度很厲害，因此做了某事。含有對事出意料之外，不是自己願意等的理由，進行辯白。結果是消極的。相當於「…から、…ので」。中文意思是：「就是因為…，所以…」等。

> **例** 足がしびれたものだから、立てませんでした。
>
> 因為腳麻，所以站不起來。

唉呀！怎麼蹲下了呢！大家都往前走了耶！

「ものだから」（就是因為…，所以…）表示就是因為前面的事態程度很厲害「足がしびれた」（腳麻了），所以做了後項「立てませんでした」（沒法站起來）。

隣のテレビがやかましかったものだから、抗議に行った。
因為隔壁的電視太吵了，所以跑去抗議。

きつく叱ったものだから、子どもはわあっと泣き出した。
因為嚴厲地罵了孩子，小孩就哇哇地哭了起來。

人はいつか死ぬものだから、一日一日を大切に生きないとね。
人總有一天會面臨死亡，因此必須好好珍惜每一天喔。

手ごろなものだから、ついつい買い込んでしまいました。
因為價格便宜，忍不住就買太多了。

MP3-125

(125) もので

【用言連體形】＋もので。意思跟「ので」基本相同，但強調原因跟理由的語氣比較強。前項的原因大多為意料之外或不是自己的意願，後項為此進行解釋、辯白。結果是消極的。意思跟「ものだから」一樣。後項不能用命令、勸誘、禁止等表現方式。中文的意思是：「因為…」、「由於…」等。

例 **東京(とうきょう)は家賃(やちん)が高(たか)いもので、生活(せいかつ)が大変(たいへん)だ。**

由於東京的房租很貴，所以生活很不容易。

才月中，錢就剩
這麼一點點！
「もので」前接不是自
己願意的原因「東京房
租貴」，後接消極的結
果「生活很不容易」。

走(はし)ってきたもので、息(いき)が切(き)れている。

由於是跑著來的，因此上氣不接下氣的。

道(みち)が混(こ)んでいたもので、遅(おく)れてしまいました。

因為交通壅塞，於是遲到了。

いろいろあって忙(いそが)しかったもので、返信(へんしん)が遅(おく)れました。

由於雜事纏身、忙得不可開交，所以過了這麼久才回信。

食(く)いしん坊(ぼう)なもんで、食(く)えるもんならなんでもオッケー。

我是個愛吃鬼，只要是能吃的，什麼都OK。

這些句型也要記

◆ 【體言】＋にほかならない

→ 表示斷定地說事情發生的理由跟原因。意思是：「完全是…」、「不外乎是…」。

· 肌がきれいになったのは、化粧品の美容効果にほかならない。

　· 肌膚會這麼漂亮，其實是因為化妝品的美容效果。

◆ 【體言；用言連體形】＋にもかかわらず

→ 表示逆接。意思是：「雖然…，但是…」、「儘管…，卻…」、「雖然…，卻…」。

· 努力しているにもかかわらず、ぜんぜん効果が上がらない。

　· 儘管努力了，效果還是完全沒有提升。

◆ 【體言】＋ぬきで、ぬきに、ぬきの、ぬきには、ぬきでは

→ 表示除去或省略一般應該有的部分。意思是：「如果沒有…」、「沒有…的話」。

· 今日は仕事の話は抜きにして飲みましょう。

　· 今天就別提工作，喝吧！

◆ 【動詞連用形】＋ぬく

→ 表示把必須做的事，徹底做到最後，含有經過痛苦而完成的意思。意思是「…做到底」。

· 苦しかったが、ゴールまで走り抜きました。

　· 雖然很苦，但還是跑完全程。

◆ 【體言】＋のすえ（に）；【動詞過去式】＋すえ（に、の）

→ 表示「經過一段時間，最後」之意。意思是：「經過…最後」、「結果…」、「結局最後…」。

· 工事は、長期間の作業のすえ、完了しました。

　· 工程在長時間的進行後，終於結束了。

◆ 【體言；用言連體形】＋のみならず

→ 用在不僅限於前接詞的範圍，還有後項進一層的情況。意思是：「不僅…，也…」、「不僅…，而且…」、「非但…，尚且…」。

· この薬は、風邪のみならず、肩こりにも効力がある。

　· 這個藥不僅對感冒有效，對肩膀酸痛也很有效。

◆ 【體言】＋のもとで、のもとに

→ 「のもとで」表示在受到某影響的範圍內，而有後項的情況。意思是：「在…之下（範圍）」；「のもとに」表示在某人的影響範圍下，或在某條件的制約下做某事。意思是：「在…之下」。

· 太陽の光のもとで、稲が豊かに実っています。

　· 稲子在太陽光之下，結實纍纍。

◆【用言連體形】＋ばかりに

→ 表示就是因為某事的緣故，造成後項不良結果或發生不好的事情。意思是：「就因為…」、「都是因為…，結果…」。

・ 彼は競馬に熱中したばかりに、全財産を失った。

　　・ 他因為沈迷於賽馬，結果全部的財產都賠光了。

◆【體言】＋はともかく（として）

→ 表示提出兩個事項，前項暫且不作為議論的對象，先談後項。意思是：「姑且不管…」、「…先不管它」。

・ 平日はともかく、週末はのんびりしたい。

　　・ 不管平常如何，我週末都想悠哉地休息一下。

◆【動詞終止形】＋べき、べきだ

→ 表示那樣做是應該的、正確的。常用在勸告、禁止及命令的場合。意思是：「必須…」、「應當…」。

・ 人間はみな平等であるべきだ。

　　・ 人人應該平等。

◆【用言連體形】＋ほどだ、ほどの

→ 為了說明前項達到什麼程度，在後項舉出具體的事例來。意思是：「甚至能…」、「幾乎…」、「簡直…」。

・ 彼の実力は、世界チャンピオンに次ぐほどだ。

　　・ 他的實力好到幾乎僅次於世界冠軍了。

◆【用言連體形】＋ほどのことではない

→ 表示事情不怎麼嚴重。意思是：「不至於…」、「沒有達到…地步」。

・ 子供の喧嘩です、親が出て行くほどのことではありません。

　　・ 孩子們的吵架而已，用不著父母插手。

◆【動詞終止形】＋まい

→ （1）表示說話的人不做某事的意志或決心。意思是：「不…」、「打算不…」；（2）表示說話人的推測、想像。意思是：「不會…吧」、「也許不…吧」。

・ 絶対タバコは吸うまいと、決心した。

　　・ 我決定絕不再抽煙。

◆【體言】＋も＋【用言假定形】＋ば、【體言】＋も；【體言】＋も＋【形容動詞詞幹】＋なら、【體言】＋も

→ 把類似的事物並列起來，用意在強調。意思是：「既…又…」、「也…也…」。

・ あのレストランは、値段も手頃なら料理もおいしい。

　　・ 那家餐廳價錢公道，菜也好吃。

◆【體言】＋も＋【同一體言】＋なら、【體言】＋も＋【同一體言】

→ 表示前後項提及的雙方都有缺點，帶有譴責的語氣。意思是：「…不…，…也不…」、「…有…的不對，…有…的不是」。

· 最近の子どもの問題に関しては、家庭も家庭なら、学校も学校だ。

   · 最近關於小孩的問題，家庭有家庭的不是，學校也有學校的缺陷。

◆【用言連體形の；體言】＋もかまわず

→ 表示對某事不介意，不放在心上。意思是：「（連…都）不顧…」、「不理睬…」、「不介意…」。

· 警官の注意もかまわず、赤信号で道を横断した。

   · 不理會警察的警告，照樣闖紅燈。

◆【用言連體形】＋ものがある

→ 表示強烈斷定。意思是：「有價值…」、「確實有…的一面」、「非常…」。

· あのお坊さんの話には、聞くべきものがある。

   · 那和尚說的話，確實有一聽的價值。

◆【用言連體形】＋ものだ、ものではない

→ （1）表示常識性、普遍事物的必然結果。意思是：「…就是…」、「本來就是…」：
（2）表示理所當然，理應如此。意思是：「就該…」、「要…」、「應該…」。

· 狭い道で、車の速度を上げるものではない。

   · 在小路開車不應該加快車速。

◆【動詞可能態連體形】＋ものなら、【同一動詞命令形】

→ 表示對辦不到的事假定。意思是：「如果能…的話」、「要是能…就…吧」。

· あの素敵な人に、声をかけられるものなら、かけてみろよ。

   · 你敢去跟那位美女講話的話，你就去講講看啊！

⑫ ようがない、ようもない

【動詞連用形】＋ようがない、ようもない。表示不管用什麼方法都不可能，已經沒有其他方法了。相當於「…ことができない」。「…よう」是接尾詞，表示方法。中文意思是：「沒辦法」、「無法…」等。

例 道に人があふれているので、通り抜けようがない。

路上到處都是人，沒辦法通行。

哇！好熱鬧的人潮喔！

「ようがない」（沒辦法）表示由於前項的「道に人が溢れている」（路上人山人海），導致無法進行後項行為「通り抜ける」（通行）。也就是道路擁擠到採取任何方法都沒有辦法通過。

万年筆のインクがなくなったので、サインのしようがない。
鋼筆沒水了，所以沒辦法簽名。

コンセントがないから、カセットを聞きようがない。
沒有插座，所以沒辦法聽錄音帶。

この複雑な気持ちは、表しようもない。
我說不出我的這種複雜的心情。

連絡先を知らないので、知らせようがない。
由於不知道他的聯絡方式，根本沒有辦法聯繫。

⑫ ような

【體言の；用言連體形】＋ような。表示列舉。為了說明後項的名詞，而在前項具體的舉出例子。中文的意思是：「像…樣的」、「宛如…一樣的…」等。「ような気がする」表示說話人的感覺或主觀的判斷。

例 お寿司や天ぷらのような和食が好きです。

我喜歡吃像壽司或是天婦羅那樣的日式料理。

不管是炸物、生魚片、燒物…我都超愛吃的。

「ような」前接具體例子「壽司或天婦羅」，後接概括的名詞「和食」，表示列舉、比喻。

からだがあったかいような気がしてきた。
我覺得身體好像變暖和了。

安室奈美恵のような小顔になりたいです。
我希望有張像安室奈美恵那樣的小臉蛋。

あなたのような馬鹿は見たことがない。
我從沒見過像你這樣的笨蛋。

兄のような大人になりたいな。
我想成為像哥哥一樣的大人！

128 ようなら、ようだったら

【動詞・形容詞普通形・形容動詞な・體言の】＋ようなら、ようだったら。表示在某個假設的情況下，說話者要採取某個行動，或是請對方採取某個行動。中文意思是：「如果…」、「要是…」。

例 パーティーが10時過ぎるようなら、途中で抜けることにする。

如果派對超過10點，我要中途落跑。

這場派對實在是太無聊了，到底什麼時候才要散會啊？我寧可回家看日劇！

因應假設的情況而採取某種行為時要用「ようなら」。

答えが分かるようなら、教えてください。
如果你知道答案，請告訴我。

良くならないようなら、検査を受けたほうがいい。
如果一直好不了，最好還是接受檢查。

肌に合わないようだったら、使用を中止してください。
如肌膚有不適之處，請停止使用。

⑫⑨ ように

【動詞連體形】＋ように。（1）表示為了實現前項，而做後項。是行為主體的希望。中文意思是：「為了…而…」、「…，以便達到…」等。（2）用在句末時，表示願望、希望、勸告或輕微的命令等。後面省略了「…してください」。中文意思是：「希望…」、「請…」等。

例 ほこりがたまらないように、毎日そうじをしましょう。

要每天打掃一下，才不會有灰塵。

日本人認為乾淨的地方「福神」才會降臨的喔！

「ように」（為了…而…）表示為了使前項的狀況能成立「ほこりがたまらない」（不要有灰塵），而做後項的行為「毎日そうじをしましょう」（每天打掃）。後項一般是接說話人意向行為的動詞。

送料が1000円以下になるように、工夫してください。
請設法將運費控制在1000日圓以下。

迷子にならないようにね。
不要迷路了唷！

合格できるようにがんばります。
我會努力考上的。

私が発音するように、後についてください。
請模仿我的發音，跟著複誦一次。

⑬⓪ ように

【動詞連體形；體言の】＋ように。舉例用法。說話者以其他具體的人事物為例來陳述某件事物的性質或內容等。中文意思是：「如同…」、「誠如…」、「就像是…」。

例 皆様がおっしゃっていたように、彼はそんな甘い男ではありませんでした。

誠如各位之前所述，他不是那麼天真的男人。

原本以為他異想天開，但事實證明他的做法是對的，這一季的業績他是第一名！

「ように」可以表示後項和前項是一樣的、有關聯的。

ご存じのように、来週から営業時間が変更になります。
誠如各位所知，自下週起營業時間將有變動。

先に述べたように、その事件は氷山の一角にすぎない。
如同剛才所說的，這起事件只是冰山一角。

「善は急げ」ということわざにもあるように、いいと思ったことはすぐに始めるほうがいいです。
就像「好事不宜遲」這句諺語說的，覺得好的事情最好要趕緊著手進行。

⑬ ように（言う）

【動詞連體形】＋ように（言う）。轉述用法。後面接「言う」、「書く」、「お願いする」、「頼む」等動詞，表示間接轉述指令、請求等內容。中文意思是：「告訴…」。

例 息子にちゃんと歯を磨くように言ってください。

請告訴我兒子要好好地刷牙。

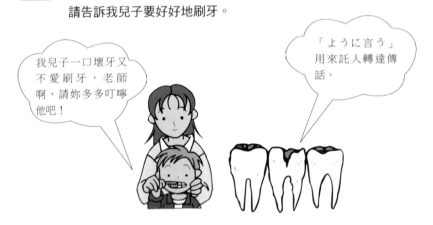

我兒子一口壞牙又不愛刷牙，老師啊，請妳多多叮嚀他吧！

「ように言う」用來託人轉達傳話。

私に電話するように言ってください。
請告訴他要他打電話給我。

これを娘さんにあげますから、元気を出すように言ってください。
這個送給令媛，請告訴她要打起精神來。

時間がないから、早く支度するように言ってくださいよ。
請告訴他，沒有時間了，快點做準備。

132 ようになっている

【動詞辭書形；動詞可能形】＋ようになっている。是表示能力、狀態、行為等變化的「ようになる」，與表示動作持續的「〜ている」結合而成【動詞連體形】＋ようになっている。表示機器、電腦等，因為程式或設定等而具備的功能。中文的意思是：「會…」等。

例 練習して、この曲はだいたい弾けるようになった。

練習後這首曲子大致會彈了。

彈得真好！

「ようになった」（（變得）…了），表示「この曲はだいたい弾ける」（這首曲子大致會彈了）這個變化，是花費了時間，練習學會的。

最近は多くの女性が外で働くようになった。
最近在外工作的女性變多了。

私は毎朝牛乳を飲むようになった。
我每天早上都會喝牛奶了。

この部屋はかぎを開けると、自動的に照明がつくようになっている。
只要一解開門鎖，就會自動開啟照明。

ここのボタンを押すと、水が出るようになっている。
按下這個按鈕，水就會流出來。

⑬ よかった

【動詞假定形】＋よかった。表示自己沒有做前項的事而感到後悔。說話人覺得要是做了就好了，帶有後悔的心情。中文的意思是：「如果…的話就好了」等。

例 雨だ、傘を持ってくればよかった。

下雨了！早知道就帶傘來了。

糟了！下雨了，雨傘咧？沒帶！！

用「よかった」表示沒能做到「傘を持ってくれば」這件事，感到懊悔。

もう売り切れだ！もっと早く買っておけばよかった。
已經賣完了！早知道就快點來買。

学生のときに英語をもっと勉強しておけばよかった。
要是在學生時代能更認真學習英文就好了。

最初から見とけばよかったなぁ、と後悔した。
他懊悔地說道：「早知道就從頭開始看了」。

正直に言えばよかった。
早知道一切從實招供就好了。

134 より（ほか）ない、ほか（しかたが）ない

【體言；動詞連體形】＋より（ほか）ない；【動詞連體形】＋ほかしかたがない。後面伴隨著否定，表示這是唯一解決問題的辦法。中文的意思是：「只有…」、「除了…之外沒有…」等。

例 もう時間がない、こうなったら一生懸命やるよりない。

時間已經來不及了，事到如今，只能拚命去做了。

明天一早就要截稿了。沒時間了，今晚只好硬著頭皮拼了。

用「よりない」表示問題處於沒時間的情況下，辦法就只有「拚命去做」了。

君よりほかに頼める人がいない。
除了你以外，再也沒有其他人能夠拜託了。

終電が出てしまったので、タクシーで帰るよりほかない。
由於最後一班電車已經開走了，只能搭計程車回家了。

病気を早く治すためには、入院するほか（しかたが）ない。
為了要早點治癒，只能住院了。

パソコンが故障してしまったので、手書きで書くほか（しかたが）ない。
由於電腦故障了，所以只能拿筆書寫了。

⑬⑤ （ら）れる（被動）

【一段動詞・カ變動詞未然形】＋られる；【五段動詞未然形；サ變動詞未然形さ】＋れる。表示被動。（1）直接被動，表示某人直接承受到別人的動作；又社會活動等，普遍為大家知道的事；表達社會對作品、建築等的接受方式。（2）間接被動。間接地承受了某人的動作，而使得身體的一部分等，受到麻煩；由於天氣等自然現象的作用，而間接受到某些影響時。中文的意思是：「被…」。

例 弟 が犬にかまれました。
おとうと　いぬ

弟弟被狗咬了。

哇！弟弟被狗咬了，好痛的樣子喔！

被咬的弟弟是主語用「が」，咬人的狗是動作實施者用「に」表示。這句話沒有提到身體一部分，所以是直接被動的表現方式喔！

彼女は夫に深く愛されていた。
かのじょ　おっと　ふか　あい
她老公深深地疼愛她。

試験が２月に行われます。
しけん　がつ　おこな
考試將在２月舉行。

電車の中で足を踏まれた。
でんしゃ　なか　あし　ふ
我在電車上被踩了一腳。

学校に行く途中で、雨に降られました。
がっこう　い　とちゅう　あめ　ふ
去學校途中，被雨淋濕了。

（ら）れる（尊敬）

【一段動詞・カ變動詞未然形】＋られる；【五段動詞未然形；サ變動詞未然形さ】＋れる。作為尊敬助動詞。表示對話題人物的尊敬，也就是在對方的動作上用尊敬助動詞。尊敬程度低於「お…になる」。

例 もう具合はよくなられましたか。

身體好一些了嗎？

巡病房的護士來看生病住院的鈴木爺爺。

「もう具合はよくなられましたか」（您身體好多了嗎？）中的尊敬動詞「なられました」來自「なりました」。

先生方は講堂に集まられました。
老師們到禮堂集合了。

社長はあしたパリへ行かれます。
社長明天將要前往巴黎。

先生は、少し痩せられたようですね。
老師好像變瘦了呢！

何を研究されていますか。
您在做什麼研究？

敬語的動詞

（一）「尊敬的動詞」跟「謙讓的動詞」

日語中除了「です、ます」的鄭重的動詞之外，還有「尊敬的動詞」跟「謙讓的動詞」。尊敬的動詞目的在尊敬對方，用在對方的動作或所屬的事物上，來提高對方的身份；謙讓的動詞是透過謙卑自己的動作或所屬物，來抬高對方的身份，目的也是在尊敬對方。

一般動詞和敬語的動詞對照表

一般動詞	尊敬的動詞	謙讓的動詞
行く	いらっしゃる、おいでになる、お越しになる	伺う、まいる、上がる
来る	いらっしゃる、おいでになる、お越しになる、見える	伺う、まいる
言う	おっしゃる	申す、申し上げる
聞く	お耳に入る	伺う、拝聴する、承る
いる	いらっしゃる	おる
する	なさる	いたす
見る	ご覧になる	拝見する
見せる	———	ご覧に入れる、お目にかける
知る	ご存じです	存じる、存じ上げる
食べる	召し上がる	いただく、頂戴する
飲む	召し上がる	いただく、頂戴する
会う	———	お目にかかる
読む	———	拝読する
もらう	———	いただく、頂戴する
やる	———	差し上げる
くれる	くださる	———
借りる	———	拝借する
着る	召す、お召しになる	———
わかる	———	承知する、かしこまる
考える	———	存じる

（二）附加形式的「尊敬語」與「謙讓語」

一般動詞也可以跟接頭詞、助動詞、補助動詞結合起來，成為敬語的表達方式。我們又稱為附加形式的「尊敬語」與「謙讓語」。

附加形式的「尊敬語」與「謙讓語」對照表

<table>
<tr><td rowspan="12">尊敬語</td><td colspan="3">(1) 動詞＋(ら)れる、される</td></tr>
<tr><td rowspan="3">例</td><td>読む</td><td>→読まれる</td></tr>
<tr><td>戻る</td><td>→戻られる</td></tr>
<tr><td>到着する</td><td>→到着される</td></tr>
<tr><td colspan="3">(2) お＋動詞連用形＋になる／なさる
　　ご＋サ變動詞詞幹＋になる／なさる</td></tr>
<tr><td rowspan="2">例</td><td>使う</td><td>→お使いになる、お使いなさいますか</td></tr>
<tr><td>出発する</td><td>→ご出発になる、ご出発なさいますか</td></tr>
<tr><td colspan="3">(3) お＋動詞連用形＋です／だ
　　ご＋サ變動詞詞幹＋です／だ</td></tr>
<tr><td></td><td>休む</td><td>→お休みです、お休みだ</td></tr>
<tr><td></td><td>在宅する</td><td>→ご在宅です、ご在宅だ</td></tr>
<tr><td colspan="3">(4) お＋動詞連用形＋くださる
　　ご＋サ變動詞詞幹＋くださる</td></tr>
<tr><td rowspan="2">例</td><td>教える</td><td>→お教えくださる</td></tr>
<tr><td>指導する</td><td>→ご指導くださる</td></tr>
<tr><td rowspan="9">謙讓語</td><td colspan="3">(1) お＋動詞連用形＋する
　　ご＋サ變動詞詞幹＋する</td></tr>
<tr><td rowspan="2">例</td><td>願う</td><td>→お願いします</td></tr>
<tr><td>送付する</td><td>→ご送付します</td></tr>
<tr><td colspan="3">(2) お＋動詞連用形＋いたす／申し上げます
　　ご＋サ變動詞詞幹＋いたす／申し上げます</td></tr>
<tr><td rowspan="2">例</td><td>話す</td><td>→申す、申し上げる</td></tr>
<tr><td>説明する</td><td>→ご説明いたします、ご説明申し上げます</td></tr>
<tr><td colspan="3">(3) お＋動詞連用形＋いただく／ねがう
　　ご＋サ變動詞詞幹＋いただく／ねがう</td></tr>
<tr><td rowspan="2">例</td><td>伝える</td><td>→お伝えいただきます、お伝えねがいます</td></tr>
<tr><td>案内する</td><td>→ご案内いただきます、ご案内ねがいます</td></tr>
</table>

⑬⑦ （ら）れる（可能）

【一段動詞・カ變動詞未然形】＋られる；【五段動詞未然形；カ變動詞未然形さ】＋れる。表示可能，跟「ことができる」意思幾乎一樣。只是「可能形」比較口語。（1）表示技術上、身體的能力上，是具有某種能力的。「會…」的意思；（2）從周圍的客觀環境條件來看，有可能做某事。「能…」的意思。日語中，他動詞的對象用「を」表示，但是在使用可能形的句子裡「を」就要改成「が」。

例 私はタンゴが踊れます。

我會跳探戈。

小時候我就對舞蹈很感興趣，所以舞蹈的練習一直都沒有中斷過。

「タンゴが踊れます」（會跳探戈）表示由於從小的訓練，所以具有跳探戈的技術。「踊れます」是「踊る」的能力可能形。

私は200メートルぐらい泳げます。
我能游兩百公尺左右。

マリさんはお箸が使えますか。
瑪麗小姐會用筷子嗎？

だれでもお金持ちになれる。
誰都可以變成有錢人。

新しい商品と取り替えられます。
可以與新產品替換。

⓭⓮ わけがない、わけはない

【用言連體形】＋わけがない、わけはない。表示從道理上而言，強烈地主張不可能或沒有理由成立。相當於「…はずがない」。口語常說成「わけない」。中文意思是：「不會…」、「不可能…」等。

例 人形が独りで動くわけがない。
洋娃娃不可能自己會動。

這洋娃娃可沒裝電池喔！

「わけがない」（不可能…）表示從道理上而言「人形が独りでに動く」（洋娃娃自己會動）這件事是絕對不可能的，這是說話人強烈主張那種事是不可能，或沒有理由成立的。

こんな重いものが、持ち上げられるわけはない。
這麼重的東西，不可能抬得起來。

こんな簡単なことをできないわけがない。
這麼簡單的事情，不可能辦不到。

無断で欠勤して良いわけがないでしょう。
未經請假不去上班，那怎麼可以呢！

医学部に合格するのが簡単なわけはないですよ。
要考上醫學系當然是很不容易的事呀！

⑬⑨ わけだ

【用言連體形】＋わけだ。表示按事物的發展，事實、狀況合乎邏輯地必然導致這樣的結果。跟著重結果的必然性的「…はずだ」相比較，「…わけだ」側著重理由或根據。中文意思是：「當然…」、「怪不得…」等。

例 3年間留学していたのか。道理で英語がペラペラなわけだ。

到國外留學了3年啊！難怪英文那麼流利。

好羨慕英文說得呱呱叫的人喔！

「わけだ」（怪不得…）表示按照前項的「3年間留学していた」（留學了3年）這一事實，合乎邏輯地導出「英語がペラペラ」（英語說得這麼溜）這個結論。

彼はうちの中にばかりいるから、顔色が青白いわけだ。
因為他老待在家，難怪臉色蒼白。

コーヒーをお湯で薄めたから、おいしくないわけだ。
原來咖啡加了開水被稀釋了，難怪不好喝。

学生時代にスケート部だったから、スケートが上手なわけだ。
學生時代是溜冰社團團員，難怪溜冰這麼拿手。

道理で彼が激しく抗議したわけだ。
難怪他會強烈抗議。

⑭ わけではない、わけでもない

【用言連體形；簡體句という】＋わけではない、わけでもない。表示不能簡單地對現在的狀況下某種結論，也有其它情況。常表示部分否定或委婉的否定。中文意思是：「並不是…」、「並非…」等。

例

しょくじ　　　　　　た　　　　　　　　　　　　かなら　ふと
食事をたっぷり食べても、必ず太るというわけではない。

吃得多不一定會胖。

表示就一般的道理而言「食事をたっぷり食べる」（吃飯吃很多），必然會引起「必ず太る」（一定會胖）這樣的結果。但「わけではない」（並不是…）是否定上述的必然結果。

「わけではない」是一種間接的否定，是婉轉的表達方式。有時候可以用在婉轉地拒絕別人的時候。

たいいく　　じゅぎょう　いちばん　　　　　　　　　　　　　　　　　　　　　　せんしゅ
体育の授業で一番だったとしても、スポーツ選手になれるわけではない。
體育課成績拿第一，也並不一定能當運動員。

た が　　　きら
けんかばかりしていても、互いに嫌っているわけでもない。
老是吵架，也並不代表彼此互相討厭。

いっしょ　しょくじ　　　　　　　　　　　　しんゆう
たまに一緒に食事をするが、親友というわけではない。
偶爾一起吃頓飯，也不代表是好朋友。

じんせい　　ふ こう
人生は不幸なことばかりあるわけではないだろう。
人生總不會老是發生不幸的事吧！

⑭ わけにはいかない、わけにもいかない

【動詞連體形】＋わけにはいかない、わけにもいかない。表示由於一般常識、社會道德或過去經驗等約束，那樣做是不可能的、不能做的、不單純的。相當於「…することはできない」。中文意思是：「不能…」、「不可…」等。

例 友情を裏切るわけにはいかない。

友情是不能背叛的。

人說出外靠朋友，朋友就要講道義。

「わけにはいかない」（「不能…」）表示不可以「友情を裏切る」（背叛朋友）。也就是站在道義上，背叛朋友是不對的。這不是單純的「不行」，而是從一般常識、經驗或社會上普遍的想法。

親戚に挨拶に行かないわけにもいかない。
不可以不去跟親戚打招呼。

式の途中で、帰るわけにもいかない。
不能在典禮進行途中回去。

言わないと約束したので、話すわけにはいかない。
說好不說就不能說。

休みだからといって、勉強しないわけにはいかない。
就算是假日，也不能不用功讀書。

(142) わりに（は）

【用言連體形；體言の】＋わりに（は）。表示結果跟前項條件不成比例、有出入，或不相稱，結果劣於或好於應有程度。相當於「…のに、…にしては」。中文意思是：「（比較起來）雖然…但是…」、「但是相對之下還算…」、「可是…」等。

例 この国<ruby>くに</ruby>は、熱帯<ruby>ねったい</ruby>のわりには過<ruby>す</ruby>ごしやすい。

這個國家雖處熱帶，但住起來算是舒適的。

熱帶國家都給人有炎熱、難耐的印象。

「わりには」（但是相對之下還算…）表示「過ごしやすい」（住起來舒適的）這一結果跟前項的「熱帯」（熱帶國家）條件上不成比例，互相矛盾。

物理<ruby>ぶつり</ruby>の点<ruby>てん</ruby>が悪<ruby>わる</ruby>かったわりには、化学<ruby>かがく</ruby>はまあまあだった。
比較起來物理分數雖然差，但是化學還算好。

面積<ruby>めんせき</ruby>が広<ruby>ひろ</ruby>いわりに、人口<ruby>じんこう</ruby>が少<ruby>すく</ruby>ない。
面積雖然大，但人口相對地很少。

映画<ruby>えいが</ruby>は、評判<ruby>ひょうばん</ruby>のわりにはあまり面白<ruby>おもしろ</ruby>くなかった。
電影風評雖好，但不怎麼有趣。

危険<ruby>きけん</ruby>なわりに、給料<ruby>きゅうりょう</ruby>は良<ruby>よ</ruby>くないです。
這份工作很危險，但薪資很低。

143 をこめて

【體言】＋をこめて。表示對某事傾注思念或愛等的感情。常用「心を込めて」、「力を込めて」、「愛を込めて」等用法。中文意思是：「集中…」、「傾注…」等。

例 みんなの幸せのために、願いをこめて鐘を鳴らした。

為了大家的幸福，以虔誠的心鳴鍾祈禱。

「をこめて」（傾注…）表示為了大家的幸福，傾注了真誠的關愛而「鐘を鳴らした」（敲鐘）祈求。

願天下有情人終成眷屬！

教会で、心をこめて、オルガンを弾いた。
在教會以真誠的心彈風琴。

感謝をこめて、ブローチを贈りました。
以真摯的感謝之情送她別針。

母は私のために心をこめて、セーターを編んでくれた。
母親為我織了件毛衣。

渾身の力を込めて、バットを振ったら、ホームランになった。
他使盡全身的力氣，揮出球棒，打出了一支全壘打。

⑭ を中心に（して）、を中心として

【體言】＋を中心に（して）、中心として。表示前項是後項行為、狀態的中心。中文意思是：「以…為重點」、「以…為中心」、「圍繞著…」等。

例 点Aを中心に、円を描いてください。

請以A點為中心，畫一個圓圈。

「を中心に」（以…為中心）表示後項的「円を描く」（畫圓）這一動作行為，要以前項的「点A」（A點）為中心。也就是某事位於中心的狀態、行為或現象。

大学の先生を中心にして、漢詩を学ぶ会を作った。
以大學老師為中心，設立了漢詩學習會。

海洋開発を中心に、討論を進めました。
以海洋開發為中心進行討論。

地球は太陽を中心として、回っている。
地球以太陽為中心繞行著。

登校拒否の問題を中心として、さまざまな問題を話し合います。
以拒絕上學的問題為主，共同討論各種問題。

145 を通じて、を通して

【體言】＋を通じて、を通して。表示利用某種媒介（如人物、交易、物品等），來達到某目的（如物品、利益、事項等）。相當於「…によって」。中文意思是：「透過…」、「通過…」等。又後接表示期間、範圍的詞，表示在整個期間或整個範圍內。相當於「…のうち（いつでも／どこでも）」。中文意思是：「在整個期間…」、「在整個範圍…」等。

例 彼女を通じて、間接的に彼の話を聞いた。

透過她，間接地知道他所說的。

人脈是很重要的，透過人脈有時候可以獲取一些寶貴的訊息喔！

「を通じて」（透過…）表示利用前接的名詞「彼女」（她）為媒介，來達到某目的「彼の話を聞いた」（他說的話）。

能力とは、試験を通じて測られるものだけではない。
能力不是只透過考試才能知道的。

台湾は１年を通して雨が多い。
台灣一整年雨量都很充沛。

会員になれば、年間を通じていつでもプールを利用できます。
只要成為會員，全年都能隨時去游泳。

スポーツを通して、みんなずいぶんと打ち解けたようです。
透過運動，大家似乎變得相當融洽了。

⑭⑥ をはじめ、をはじめとする

【體言】＋をはじめ、をはじめとする。表示由核心的人或物擴展到很廣的範圍。「を」前面是最具代表性的、核心的人或物。作用類似「などの」、「と」等。中文意思是：「以…為首」、「…以及…」、「…等」等。

例　客席には、校長をはじめ、たくさんの先生が来てくれた。

在來賓席上，校長以及多位老師都來了。

婚宴來了好多人喔！

「をはじめ」（…以及…）前接最具代表性人物「校長」（校長），然後擴展到「たくさんの先生」（許多老師）。也就是先提出一個主要人物，後面在連帶提其它的人物。

日本の近代には、夏目漱石をはじめ、いろいろな作家がいます。
日本近代，以夏目漱石為首，還有其他許許多多的作家。

この病院には、内科をはじめ、外科や耳鼻科などがあります。
這家醫院有內科、外科及耳鼻喉科等。

小切手をはじめとする様々な書類を、書留で送った。
支票跟各種資料等等，都用掛號信寄出了。

ご両親をはじめ、ご家族のみなさまによろしくお伝えください。
請替我向您父母親跟家人們問好。

147 をもとに、をもとにして

【體言】＋をもとに、をもとにして。表示將某事物做為啟示、根據、材料、基礎等。後項的行為、動作是根據或參考前項來進行的。相當於「…に基づいて」、「…を根拠にして」。中文意思是：「以…為根據」、「以…為參考」、「在…基礎上」等。

例 いままでに習った文型をもとに、文を作ってください。

請參考至今所學的文型造句。

> 學了就要多用，用了就可以真正成為自己的！

> 「…をもとに」（以…為根據）表示以前項的「いままでに習った文型」（到現在為止學到的文型）為依據或參考，來進行後項的行為「文を作る」（造句）。「…をもとに」也具有修飾說明後面的名詞的作用。

彼女のデザインをもとに、青いワンピースを作った。
以她的設計為基礎，裁製了藍色的連身裙。

教科書をもとに、書いてみてください。
請參考課本寫寫看。

この映画は、実際にあった話をもとにして制作された。
這齣電影是根據真實的故事而拍成的。

集めたデータをもとにして、平均を計算しました。
根據收集來的資料，計算平均值。

148 んじゃない、んじゃないかと思う

【體言な；用言連體形】＋んじゃない、んじゃないかと思う。是「の
ではないだろうか」的口語形。表示意見跟主張。中文的意思是：「不
…嗎」、「莫非是…」等。

例 そこまでする必要ないんじゃない。

沒有必要做到那個程度吧！

又是一個檸檬片
的愛面族！這檸
檬片也貼太多了
吧！

用「んじゃない」表示說
話人的看法是「沒必要做
到那個程度」。

花子？もう帰ったんじゃない。
花子？她應該已經回去了吧！

もうこれでいいんじゃない。
做到這樣就已經夠了吧！

その実力だけでも十分なんじゃないかと思う。
光憑那份實力，我想應該沒問題吧！

それぐらいするんじゃないかと思う。
我想差不多要那個價錢吧！

⑭⑨ んだって

【動詞・形容詞普通形】＋んだって。【體言な・形容動詞詞幹な】＋んだって。女性多用「んですって」的說法。傳聞口語用法。表示說話者聽說了某件事，並轉述給聽話者。語氣比較輕鬆隨便。中文意思是：「聽說…呢」。

例 北海道ってすごくきれいなんだって。

聽說北海道非常漂亮呢！

我朋友剛從北海道回來，他說薰衣草田和函館夜景都很值得一看呢！

如果想和別人分享自己聽說的內容，用「んだって」就對了！

田中さん、試験に落ちたんだって。
聽說田中同學落榜了呢！

あの人、子ども 5 人もいるんだって。
聽說那個人有 5 個小孩呢！

あの店のラーメン、とてもおいしいんですって。
聽說那家店的拉麵很好吃。

⑮⓪ んだもん

【動詞・形容詞普通形】＋んだもん。【體言な；形容動詞詞幹な】＋んだもん。用來解釋理由，是口語說法。語氣偏向幼稚、任性、撒嬌，在說明時帶有一種辯解的意味。中文意思是：「因為…嘛」、「誰叫…」。

例 「なんでにんじんだけ残すの。」「だってまずいんだもん。」

「為什麼只剩下胡蘿蔔！」「因為很難吃嘛！」

胡蘿蔔的味道好討厭啊…我又不是兔子…

想撒嬌或是辯解時，就用「んだもん」。

「どうして私のスカート着るの。」「だって、好きなんだもん。」
「妳為什麼穿我的裙子？」「因為人家喜歡嘛！」

「どうして遅刻したの。」「だって、目覚まし時計が壊れてたんだもん。」
「你為什麼遲到了？」「誰叫我的鬧鐘壞了嘛！」

「なんでお金払わないの。」「だって、おごりだって言われたんだもん。」
「你怎麼沒付錢呢？」「因為有人說要請客啊！」

這些句型也要記

◆ **【用言連體形】＋ものの**
→ 表示姑且承認前項，但後項不能順著前項發展下去。意思是：「雖然…但是…」。
· アメリカに留学したとはいうものの、満足に英語を話すこともできない。
  · 雖然去美國留學過，但英文卻沒辦法說得好。

◆ **【體言；用言連體形（の）】＋やら、【體言；用言連體形（の）】やら**
→ 表示從一些同類事項中，列舉出兩項。意思是：「…啦…啦」、「又…又…」。
· 近所に工場ができて、騒音やら煙やらで悩まされているんですよ。
  · 附近開了家工廠，又是噪音啦，又是污煙啦，真傷腦筋！

◆ **【動詞連體形】＋よりほかない、よりほかはない**
→ 表示只有一種辦法，沒有其他解決的方法。意思是：「只有…」、「只好…」、「只能…」。
· 売り上げを伸ばすには、笑顔でサービスするよりほかはない。
  · 想要提高銷售額，只有以笑容待客了。

◆ **【體言】＋を＋【體言】＋として、とする、とした**
→ 把一種事物當做或設定為另一種事物，或表示決定、認定的內容。意思是：「把…視為…」。
· この競技では、最後まで残った人を優勝とする。
  · 這個比賽，是以最後留下的人獲勝。

◆ **【體言；用言連體形の】＋をきっかけに（して）、をきっかけとして**
→ 表示某事產生的原因、機會、動機。意思是：「以…為契機」、「自從…之後」、「以…為開端」。
· 関西旅行をきっかけに、歴史に興味を持ちました。
  · 自從去旅遊關西之後，便開始對歷史產生了興趣。

◆ **【體言】＋をけいきに（して）、をけいきとして**
→ 表示某事產生或發生的原因、動機、機會、轉折點。意思是：「趁著…」、「自從…之後」、「以…為動機」。
· 子どもが誕生したのを契機として、煙草をやめた。
  · 自從小孩出生後，就戒了煙。

◆ **【體言】＋をとわず、はとわず**
→ 表示沒有把前接的詞當作問題、跟前接的詞沒有關係。意思是：「無論…」、「不分…」、「不管…，都…」、「不管…，也不管…，都…」。
· ワインは、洋食和食を問わず、よく合う。
  · 無論是西餐或日式料理，葡萄酒都很適合。

◆【體言】＋をぬきにして（は）、はぬきにして

→ 表示去掉某一事項，或某一人物等，做後面的動作。意思是：「去掉…」、「抽去…」。

・ 政府の援助をぬきにしては、災害に遭った人々を救うことはできない。

　　・ 沒有政府的援助，就沒有辦法救出受難者。

◆【體言】＋をめぐって、をめぐる

→ 表示後項的行為動作，是針對前項的某一事情、問題進行的。意思是：「圍繞著…」、「環繞著…」。

・ その宝石をめぐる事件があった。

　　・ 發生了跟那顆寶石有關的事件。

問題1　考試訣竅

　　N3的問題１，預測會考13題。這一題型基本上是延續舊制的考試方式。也就是給一個不完整的句子，讓考生從四個選項中，選出自己認為正確的選項，進行填空，使句子的語法正確、意思通順。

　　過去文法填空的命題範圍很廣，包括助詞、慣用型、時態、體態、形式名詞、呼應和接續關係等等。應試的重點是掌握功能詞的基本用法，並注意用言、體言、接續詞、形式名詞、副詞等的用法區別。另外，複雜多變的敬語跟授受關係的用法也是構成日語文法的重要特徵。

　文法試題中，常考的如下：

（1）副助詞、格助詞…等助詞考試的比重相當大。這裡會考的主要是搭配（如「なぜか」是「なぜ」跟「か」搭配）、接續（「だけで」中「で」要接在「だけ」的後面等）及約定俗成的關係等。在大同中辨別小異（如「なら、たら、ば、と」的差異等）及區別語感。判斷關係（如「心を込める」中的「込める」是他動詞，所以用表示受詞的「を」來搭配等）。

（2）形式名詞的詞意判斷（如能否由句意來掌握「せい、くせ」的差別等），及形似意近的辨別（如「わけ、はず、ため、せい、もの」的差異等）。

（3）意近或形近的慣用型的區別（如「について、に対して」等）。

（4）區別過去、現在、未來三種時態的用法（如「調べるところ、調べたところ、調べているところ」能否區別等）。

（5）能否根據句意來區別動作的開始、持續、完了三個階段的體態，一般用「…て＋補助動詞」來表示（如「ことにする、ことにしている、ことにしてある」的區別）。

（6）能否根據句意、助詞、詞形變化，來選擇相應的語態（主要是「れる、られる、せる、させる」），也就是行為主體跟客體間的關係的動詞型態。

從新制概要中預測，文法不僅在這裡，常用漢字表示的，如「次第、気

味」等也可能在語彙問題中出現；而口語部分，如「もん、といったらありゃしない…等」，可能會在著重口語的聽力問題中出現；接續詞（如ながらも）應該會在文法問題２出現。當然，所有的文法・文型在閱讀中出現頻率，絕對很高的。

　　總而言之，無論在哪種題型，文法都是掌握高分的重要角色。

問題１　つぎの文の（　　　）に入れるのに最もよいものを、１・２・３・４から一つえらびなさい。

1 ぬいぐるみ（　　　）あれば、この子はおとなしくしている。
　　１ さえ　　　２ わけ　　　　３ こそ　　　　４ や

2 目上の人と話す（　　　）、できるだけ敬語を使った方がいい。
　　１ 場面　　　２ 際は　　　　３ うち　　　　４ ついでに

3 「心配かけて、ごめん。」「謝る（　　　）なら最初からやるな。」
　　１ だけ　　　２ ぐらい　　　３ しか　　　　４ よる

4 私は60歳になるまで病気（　　　）病気をしたことがない。
　　１ のみたい　２ のらしい　　３ みたい　　　４ らしい

5 日本では、家に入るとき、靴を脱ぐことに（　　　）。
　　１ 決めている　　　　　　２ なっている
　　３ 決めないといけない　　４ 決めないではおかない

6 今日は朝から大雨だった。雨（　　　）、昼からは風も出てきた。
　　１ ながら　　２ に加えて　　３ ところに　　４ にわたって

7 友達と話している（　　　）、用事があったことを思い出した。

1 現に　　　　　2 とっさに　　　　3 最中に　　　　4 早急に

8 2ヶ月に及ぶ療養を終えて会社に（　　　）、交通事故に遭った。

1 復帰したとたんに　　　　　　　2 復帰したせいか

3 復帰したきり　　　　　　　　　　　　　4 復帰した以上は

9 現状からいうと、手元にある案件を（　　　）、その企画の準備には入れません。

1 処理しつつも　　　　　　　2 処理しながら

3 処理したところに　　　　　4 処理してからでないと

10 親戚に下宿するアパートを（　　　）もらっています。

1 探し　　　　　2 探して　　　　3 探すを　　　　4 探しに

11 大好きなペットを病気で（　　　）しまった。

1 死なれて　　　2 死なせて　　　3 死されて　　　4 死らせて

12 そこの資料をちょっと（　　　）いただけますか。

1 拝見して　　　2 拝見させて　　　3 拝見し　　　4 拝見する

13 先生はゴルフが大変（　　　）と伺っています。

1 お上手でいらっしゃる　　　　2 お上手になさる

3 お上手でおります　　　　　　4 お上手におられる

問題2是「部分句子重組」題，出題方式是在一個句子中，挑出相連的四個詞，將其順序打亂，要考生將這四個順序混亂的字詞，跟問題句連結成為一句文意通順的句子。預估出5題。

應付這類題型，考生必須熟悉各種日文句子組成要素（日語語順的特徵）及句型，才能迅速且正確地組合句子。因此，打好句型、文法的底子是第一重要的，也就是把文法中的「助詞、慣用型、時態、體態、形式名詞、呼應和接續關係」等等弄得滾瓜爛熟，接下來就是多接觸文章，習慣日語的語順。

問題2既然是在「文法」題型中，那麼解題的關鍵就在文法了。因此，做題的方式，就是看過問題句後，集中精神在四個選項上，把關鍵的文法找出來，配合它前面或後面的接續，這樣大致的順序就出來了。接下再根據問題句的語順進行判斷。這一題型往往會有一個選項，不知道放在哪個位置，這時候，請試著放在最前面或最後面的空格中。這樣，文法正確、文意通順的句子就很容易完成了。

最後，請注意答案要的是標示「★」的空格，要填對位置喔！

問題2　つぎの文の＿＿★＿＿に入る最もよいものを、1・2・3・4から一つえらびなさい。

（問題例）

昼休み＿＿＿＿＿　＿＿＿＿＿　＿＿★＿＿　＿＿＿＿＿校庭で遊びます。

　1 友達　　2 と　　3 は　　4 に

（解答の仕方）

1. 正しい文はこうです。

昼休み ＿＿＿＿ ＿＿＿＿ ＿＿★＿＿ ＿＿＿＿校庭で遊びます。
4 に　　　3 は　　　1 友達　　　2 と

2. ＿＿★＿＿に入る番号を解答用紙にマークします。

（解答用紙）　　（例）　❶ ② ③ ④

1 美容院へ行った ＿＿＿＿ ＿＿＿＿ ＿★＿＿ ＿＿＿＿を間違えていました。

1 の　　　　　2 時間　　　　　3 予約　　　　　4 のに

2 来月の旅行では大きな＿＿＿＿＿ ＿＿＿＿＿ ＿★＿＿ ＿＿＿＿＿に泊まるつもりです。

1 の　　　　　2 旅館　　　　　3 ある　　　　　4 お風呂

3 あちこちに＿＿＿＿＿ ＿＿＿＿＿ ＿★＿＿ ＿＿＿＿＿がない。

1 警官が　　　　　　　　　　2 隠れよう
3 犯人は　　　　　　　　　　4 配備されているので

4 当店では＿＿＿＿＿ ＿＿＿＿＿ ＿★＿＿ ＿＿＿＿＿とりそろえています。

1 歯ブラシを　　　　　　　　2 生活用品を
3 カミソリや　　　　　　　　4 はじめとする

5 転職して＿＿＿＿＿ ＿＿＿＿＿ ＿★＿＿ ＿＿＿＿＿しなければなりません。

1 早起き　　　2 ものだから　　　3 遠くなった　　　4 職場が

「文章的文法」這一題型是先給一篇文章，隨後就文章內容，去選詞填空，選出符合文章脈絡的文法問題。預估出5題。

做這種題，要先通讀全文，好好掌握文章，抓住文章中一個或幾個要點或觀點。第二次再細讀，尤其要仔細閱讀填空處的上下文，就上下文脈絡，並配合文章的要點，來進行選擇。細讀的時候，可以試著在填空處填寫上答案，再看選項，最後進行判斷。

由於做這種題型，必須把握前句跟後句，甚至前段與後段之間的意思關係，才能正確選擇相應的文法。也因此，前面選擇的正確與否，也會影響到後面其他問題的正確理解。

做題時，要仔細閱讀 ☐ 的前後文，從意思上、邏輯上弄清楚是順接還是逆接、是肯定還是否定，是進行舉例說明，還是換句話說。經過反覆閱讀有關章節，理清枝節，抓住關鍵之處後，再跟選項對照，抓出主要，刪去錯誤，就可以選擇正確答案。另外，對日本文化、社會、風俗習慣等的認識跟理解，對答題是有絕大助益的。

問題3 つぎの文章を読んで、 1 から 5 の中に入る最もよいものを1・2・3・4から一つえらびなさい。

　三月三日に行われるひな祭りは、女の子の節句です。この日はひな人形を飾り、白酒、ひし餅、ハマグリの吸い物などで祝うのが一般的です。

　古代中国には、三月初旬の巳の日に川に入って汚れを清める上巳節という行事がありました。それが日本 1 伝わり、さらに室町時代の貴族の女の子たちの人形遊びである「ひいな祭り」が合わさって、ひな祭りの原型ができていきました。

　いまでも一部の地域に 2 「流しびな」の風習は、この由来にならって、子どもの汚れをひな人形に移して、川や海に流したことから来ています。

3　近世の安土・桃山時代になると、貴族から武家の社会に伝わり、さらに江戸時代には、ひな祭りは庶民の間に　4　。このころには、ひな段にひな人形を置くとともに桃の花を飾るという、現代のひな祭りに近い形になっています。

　ちなみに、桃の木は、中国で悪魔を打ち払う神聖な木と考えられていたため、ひな祭りに飾られるようになったといいます。

　こうして、　5　五節句の一つである、桃の節句が誕生しました。

「日本人のしきたり」飯倉晴武

1
　1　から　　　　　2　に　　　　　3　へは　　　　　4　と

2
　1　残る　　　　　2　残した　　　　3　残られた　　　4　残された

3
　1　すると　　　　2　したがって　　3　すなわち　　　4　やがて

4
　1　広まっていきました　　　　　2　広まるものがありました
　3　広まるということでした　　　4　広まることになっていました

5
　1　一年の節目として重要というほど　　2　一年の節目として重要といえば
　3　一年の節目として重要とされた　　　4　一年の節目として重要というより

問題1　つぎの文の（　　　）に入れるのに最もよいものを、1・2・3・
　　　　4から一つえらびなさい。

1　何の連絡もしないで彼女が（　　　）はずがありません。
　1 来た　　　　　　2 来るに　　　　　3 来ない　　　　　4 来て

2　A「また財布をなくしたんですか。」
　　B「はい。今年だけでもう5回目です。私ほどよくなくす人は
　　　　（　　　）。」
　1 いないでしょう　　　　　　　　　2 いるでしょう
　3 いたでしょう　　　　　　　　　　4 いるかもしれません

3　新しい人に出会う（　　　）、新しい発見がある。
　1 たびに　　　　　2 として　　　　　3 からして　　　　4 くせに

4　昨日の夜早く寝た（　　　）、今日は体調がとてもいい。
　1 せいか　　　　　2 とおりで　　　　3 もので　　　　　4 ことに

5　本日は月曜日（　　　）、図書館は休館です。
　1 につき　　　　　2 さえ　　　　　　3 につけ　　　　　4 についての

6　今年こそ、絶対にきれいになって（　　　）。
　1 なさい　　　　　2 ばかり　　　　　3 みせる　　　　　4 だけ

7　卒業するためには単位を取ら（　　　）。
　1 わけにはいかない　　　　　　　　2 ないわけではない
　3 ないわけがわからない　　　　　　4 ないわけにはいかない

8 あれ、つかない。電池はこのまえ取り替えた（　　　　）なのに。

1 もの　　　　　　2 ため　　　　　　　　3 わけ　　　　　　　　4 はず

9 もう一度挑戦してだめだったら、（　　　　）しかない。

1 諦めて　　　　　2 諦めるの　　　　　3 諦めた　　　　　　4 諦める

10 このお米はふるさとの友達が（　　　　）くれたものです。

1 送る　　　　　　2 送った　　　　　　3 送って　　　　　　4 送っている

11 そうですね。あと二、三日　（　　　　）ください。

1 考えられて　　　2 考えさせて　　　　3 考えされて　　　　4 考える

12 気分が悪い方は、無理せずにお帰り（　　　　）くださいね。

1 になって　　　　2 になさって　　　　3 させて　　　　　　4 られて

13 私の友達に、電車で足を（　　　　）も逆に謝る人がいる。

1 踏ませて　　　　2 踏まれて　　　　　3 踏まされて　　　　4 踏まして

問題2　つぎの文の　★　に入る最もよいものを、1・2・3・4から一つえらびなさい。

（問題例）

母＿＿＿＿＿　＿＿＿＿＿　＿★＿＿　＿＿＿＿＿まだ終わりません。

1 に　　2 頼まれた　　3 が　　4 用事

（解答の仕方）

1. 正しい文はこうです。

母＿＿＿＿＿　＿＿＿＿＿　＿★＿＿　＿＿＿＿＿まだ終わりません。

1 に　　2 頼まれた　　4 用事　　3 が

2.　＿★＿＿に入る番号を解答用紙にマークします。

（解答用紙）　　（例）　① ② ③ ❹

1　今回＿＿＿＿＿　＿＿＿＿＿　＿★＿＿　＿＿＿＿＿知り合いです。

1 男性とは　　　　　　2 ことになった

3 もともと　　　　　　4 採用される

2　＿＿＿＿＿　＿＿＿＿＿　＿★＿＿　＿＿＿＿＿です。

1 ともかくとして　　　2 実現性は

3 プロジェクト　　　　4 夢のある

3　母は誰にも＿＿＿＿＿　＿＿＿＿＿　＿★＿＿　＿＿＿＿＿。

1 言えずに　　　　　　2 一人で

3 相違ない　　　　　　4 苦しんでいたに

4 _____ _____ __★__ _____のにおいしくなかった。

　　1 勧められた　　　　　　　2 ウエートレスに

　　3 注文した　　　　　　　　4 とおりに

5 彼女は_____ _____ __★__ _____去っていきました。

　　1 振り向く　　　　　　　　2 手を

　　3 かわりに　　　　　　　　4 振りながら

問題3　次の文章を読んで、　1　から　5　の中に入る最もよいものを、1・
　　　　2・3・4から一つえらびなさい。

　　友達の家に遊びに行くと、おじいさん、おばあさんがいるところがあ
　る。私が家の中に上がると、カズコちゃんのおばあちゃんみたいに、お
　母さんの次に出てきて、「いらっしゃい。いつも遊んでくれて、ありが
　とね。」などという人がいた。また、アキコちゃんのおばあちゃんみた
　いに、部屋いっぱいにおもちゃを散らかして遊んでいると、　1　部屋の
　隅に座っていて、私たちを　2　人もいた。
　　「どうしてあんたたちは、片づけながら遊べないの？ひとつのおもちゃ
　を出したら、ひとつはしまう。そうしないとほーらみてごらん。こん
　なに散らかっちゃうんだ。」そうブツブツ言いながら、彼女は這いつく
　ばって、おもちゃ　3　ひとつひとつ拾い、おもちゃ箱の中に戻す。
　　「やめてよ！」
　　アキコちゃんは立ちあがっておばあちゃんのところに歩み寄り、片
　づけようとしたおもちゃをひったくった。
　　「遊んでんだから、ほっといてよ。終わってからやるんだから。」
　　「そんなこといったって、あんた。いつも　4　じゃないの。片付ける
　のはおばあちゃんなんだよ。」
　　「ちがうもん。ちゃんと片づけてるもん。」
　　「何いってるんだ。いくらおばあちゃんが、片づけなさいっていったっ
　て、　5　。」

　　　　　　　　　　　　　　　　　　　　　「あたしが帰る家」群ようこ

1
1 いつの頃か　　　　　　　2 いつか
3 この間　　　　　　　　　4 いつの間にか

2
1 びっくりさせられる　　　2 びっくりさせる
3 びっくりする　　　　　　4 びっくりした

3
1 で　　　　　2 に　　　3 を　　　　　4 が

4
1 散らかしっぱなし　　　　2 片づけっぱなし
3 拾いっぱなし　　　　　　4 終わりっぱなし

5
1 知らんぷりする恐れがある
2 知らんぷりしないではいられない
3 知らんぷりしてるじゃないか
4 知らんぷりするにすぎない

問題1　つぎの文の（　　　）に入れるのに最もよいものを、1・2・3
　　　　・4から一つえらびなさい。

1　こんな大雪の中、わざわざ遊びに出かける（　　　）。
　　1 することはない　　　　　　2 にすぎない
　　3 ことはない　　　　　　　　4 ほどはない

2　経済が発展する（　　　）、いろいろな物が簡単に買えるようになっ
　　た。
　　1 にともなって　　　　　　　2 にそって
　　3 をとおして　　　　　　　　4 に限って

3　我が社の営業部門（　　　）、伊藤さんの営業成績が一番良い。
　　1 ので　　　　　　　　　　　2 にあたっては
　　3 にかけても　　　　　　　　4 においては

4　説明書（　　　）、必要なところに正しく記入してください。
　　1 に関して　　　　　　　　　2 をとおして
　　3 にとって　　　　　　　　　4 にしたがって

5　今日は一日雨でしたね。明日も雨（　　　）。
　　1 みたいだ　　　　　　　　　2 はずだ
　　3 べきだ　　　　　　　　　　4 ものだ

6　こちらは動物の形をした時計です。足が自由に動く（　　　）。
　　1 ようになります　　　　　　2 ようにしっています
　　3 ようになっています　　　　4 ようにします

7 霧で飛行機の欠航が出ているため、東京で一泊する（　　　）。
1 ことはなかった　　　　　2 ものではなかった
3 よりほかなかった　　　　4 に限りなかった

8 そんなに難しくないので、1時間ぐらいで（　　　）と思います。
1 できます　　　　　　　　2 できるの
3 できるだろう　　　　　　4 できて

9 おかげさまで退院して自分で（　　　）ようになりました。
1 歩ける　　　　　　　　　2 歩けて
3 歩けた　　　　　　　　　歩けるの

10 校長先生の話にはずいぶんと（　　　）させられました。
1 考え　　　　　　　　　　2 考えて
3 考える　　　　　　　　　4 考えた

11 どうぞこちらの応接間で　お（　　　）ください。
1 待って　　　2 待つ　　　3 待ち　　　　4 待った

12 お酒を（　　　）お客様は、なるべく電車やバスをご利用ください。
1 ちょうだいなさる　　　　2 めしあがる
3 いただく　　　　　　　　4 いただかれる

13 このお菓子は伊藤さんから旅行のお土産として（　　　）。
1 いただきました　　　　　2 差し上げました
3 ちょうだいします　　　　4 差し上げます

問題2　つぎの文の＿★＿に入る最もよいものを、1・2・3・4から一
　　　　つえらびなさい。

（問題例）

　　私が＿＿＿＿＿　＿＿＿＿＿　＿★＿＿　＿＿＿＿＿分かりやすいです。

　　1 普段　　　2 参考書は　　　3 使っている　　　4 とても

（解答の仕方）

1. 正しい文はこうです。

> 　私が＿＿＿＿＿　＿＿＿＿＿　＿★＿＿　＿＿＿＿＿分かりやすいです。
> 　　　　　1 普段　　3 使っている　2 参考書は　　4 とても

2. ＿★＿＿に入る番号を解答用紙にマークします。

（解答用紙）　　（例）　① ❷ ③ ④

1　毎日＿＿＿＿＿　＿＿＿＿＿　＿★＿＿　＿＿＿＿＿がよく分かるようにな
　ります。

　1 する　　　　　2 授業　　　　　3 復習　　　　4 と

2　ニュースを聞いて＿＿＿＿＿　＿＿＿＿＿　＿★＿＿　＿＿＿＿＿はいない
　と思います。

　1 僕　　　　　2 びっくりした　　3 ほど　　　4 人

3　食事してすぐ車に＿＿＿＿＿　＿＿＿＿＿　＿★＿＿　＿＿＿＿＿ある。

　1 気分が　　　2 恐れが　　　　　3 悪くなる　　4 乗ると

4 今の会社は＿＿＿＿ ＿＿＿＿ ＿★＿＿ ＿＿＿＿文句はないです。

　1 給料は　　　　　　　　　2 福利厚生も
　3 もちろん　　　　　　　　4 しっかりしているので

5 彼女はおっとりしている＿＿＿＿ ＿＿＿＿ ＿★＿＿ ＿＿＿＿もありますよ。

　1 気の　　　　2 一面　　　3 強い　　　4 反面

問題3　つぎの文章を読んで、　1　から　5　の中に入る最もよいものを、
　　　　1・2・3・4から一つえらびなさい。

　むかしは、今のように物資が有り余るほど有りませんでしたか
ら、派手な贈り物は有りませんがほかの家からいただいたものの
お裾分けとか、家で煮たお豆をちょっと隣へ　1　とかは、今より
　2　たくさんしましたし、それはまた心が　3　楽しいことでした。
　私は、いつでもいただきもののおまんじゅうを半分どこかへ差し
上げたくなりますが、箱から半分出したものなど、今では　4　差し
上げられません。牛乳や新聞を配達する少年たちだって、もうこ
んな物は　5　世の中になってしまいました。

（桑井いね『続・おばあちゃんの知恵袋』

文化出版局 一部、語彙変更あり）

1 差し上がる　　　　　2 差し込む

3 差し押さえる　　　　4 差し上げる

1 さっさと　　　　　　2 ずっと

3 じっと　　　　　　　4 ぐっすりと

1 こもって　　　　　　2 こめて

3 こんで　　　　　　　4 こまって

1 失礼で　　　　　　　2 面倒で

3 ご無沙汰で　　　　　4 仕方なく

1 欲しがらないではいられない

2 欲しいに違いない

3 欲しいどころではない

4 欲しがらない

第一回

問題 1
1	1		2	2		3	2		4	4		5	2
6	2		7	3		8	1		9	4		10	2
11	2		12	2		13	1

問題 2
| 1 | 1 | | 2 | 3 | | 3 | 3 | | 4 | 4 | | 5 | 2 |

問題 3
| 1 | 2 | | 2 | 1 | | 3 | 4 | | 4 | 1 | | 5 | 3 |

第二回

問題 1
1	3		2	1		3	1		4	1		5	1
6	3		7	4		8	4		9	4		10	3
11	2		12	1		13	2

問題 2
| 1 | 1 | | 2 | 4 | | 3 | 4 | | 4 | 4 | | 5 | 2 |

問題 3
| 1 | 4 | | 2 | 2 | | 3 | 3 | | 4 | 1 | | 5 | 3 |

第三回

問題1

1	3		2	1		3	4		4	4		5	1
6	3		7	3		8	3		9	1		10	1
11	3		12	2		13	1

問題2

| 1 | 4 | | 2 | 2 | | 3 | 3 | | 4 | 2 | | 5 | 3 |

問題3

| 1 | 4 | | 2 | 2 | | 3 | 1 | | 4 | 1 | | 5 | 4 |

MEMO

出擊！
日語文法自學大作戰
中高階版 Step 3

[25K＋MP3]

【日語神器 09】

■ 發行人／**林德勝**

■ 著者／**吉松由美、田中陽子、西村惠子**

■ 出版發行／**山田社文化事業有限公司**
地址　臺北市大安區安和路一段112巷17號7樓
電話　02-2755-7622　02-2755-7628
傳真　02-2700-1887

■ 郵政劃撥／**19867160號　大原文化事業有限公司**

■ 總經銷／**聯合發行股份有限公司**
地址　新北市新店區寶橋路235巷6弄6號2樓
電話　02-2917-8022
傳真　02-2915-6275

■ 印刷／**上鎰數位科技印刷有限公司**

■ 法律顧問／**林長振法律事務所　林長振律師**

■ 書＋MP3／**定價　新台幣 320 元**

■ 初版／**2018年 12 月**

© ISBN : 978-986-246-523-3
2018, Shan Tian She Culture Co., Ltd.